모든 틈에
빛이 든다

**일러두기**

1. 책명은 《 》로, 단편소설·시·논문·칼럼·잡지·미술작품·영화·드라마· 음악명은 홑꺾쇠〈 〉로 묶었다.

2. 직접인용 문구는 겹따옴표 " "로, 간접인용과 혼잣말, 강조 문구는 홑따옴표 ' '로 표기했다.

3. 인명과 지명은 외래어 표기법을 따랐고 관용적으로 쓰이는 이름은 그내로 표기했다. 원어명은 본문에서 처음 나오는 위치에 표기했다.

4. 책 읽는 시간을 위한 음악. QR로 연결된 플레이리스트로 조금 더 풍성한 독서가 되길.

초록비책공방

# 모든 틈에
# 빛이 든다

책에서 길어올린
생각의 조각들

류대성 지음

모든 틈에
빛이 든다

사물의 색은 서로에게 묻게 되어 있습니다.

모든 사물은 각자 고유한 색을 가진 것처럼 보이지만

사실은 빛 안에서 상호작용합니다.

## 프롤로그

# 경계가 흔들리고 개념이 없어질 때

로마 신화는 신들의 이름만 조금 다를 뿐 그리스 신화와 유사합니다. 그런데 드물게 로마 신화에만 등장하는 신들이 있습니다. 테르미누스가 그렇습니다. 경계의 신 테르미누스의 모토는 '콘케도 눌리concedo nulli'입니다. 콘케도concedo는 '동의하다, 양보하다, 자리를 내어준다'라는 뜻, 눌리nulli는 영어의 'nobody'라는 뜻입니다. 그러니까 콘케도 눌리는 "나는 아무에게도 동의하지 않는다. 나는 아무에게도 양보하지 않는다."라는 의미입니다. 신의 역할에 어울려 보이는 이야기입니다. 경계 혹은 경계선은 농경 사회였던 로마에서 그 역할이 작지 않습니다. 확고한 경계를 표현하는 커다란 돌이 테르미누스의 상징입니다. 지금도 땅의 경계를 구분할 때는 사유지, 도로 할 것 없이 경계석을 박아 놓습니다. 내 땅과 네 땅의 경계보다 중요한 일이 있을까요? 개인의 사유재산이나 인권을 침해당하는 일이 생기면 누구도 참지 않을 겁니다. 그 경계는 분명하고 확실해야 합니다. 하지만 우리가 사는 세상에는 경계석을 놓을 수 없는 일들이 더 많습니다.

'나' 자신이 선택하고 결정하는 개인적인 문제와 '타인'과 토론하고 협의해서 결정하는 공적 영역의 일은 성격이 조금 다릅니다. 공부와 진학, 취업과 진로, 결혼과 육아, 교육과 부동산, 건강과 노후, 중요한 선택의 갈림길에서 우리는 흔들리고 망설입니다. 개인적인 인생의 목표와 방향은 물론 사회 제도나 정책의 경계가 분명하지 않기 때문입니다. 우리는 각자의 욕망과 이익을 좇다가 충돌하고, 서로 가치관이 달라 갈등을 겪습니다. 그럴 때마다 누군가는 친구와 선배를 찾고 또 누군가는 인터넷을 뒤적이고 일기를 씁니다. 그러나 여전히 많은 사람이 책을 읽습니다. 거인의 어깨 위에 서서 그들의 혜안을 빌리고 싶기 때문입니다.

가끔 저는 책을 읽으며 가슴에 닿는 문장에 밑줄을 치고 필사하거나 사진을 찍습니다. 연필이 없거나 메모지가 없을 때는 급한 마음에 책 모서리를 접기도 합니다. 그렇게 접어놓은 책 귀퉁이는 귀여운 강아지의 귀처럼 보입니다.

'도그 이어dog-ear'라는 영어 단어는 책장의 '모서리를 접다' 라는 뜻입니다. 그렇게 접어놓은 책장 틈에 빛이 들 때, 책은 비로소 깊게 숨을 쉽니다. 우리가 사는 팍팍한 일상의 틈에도 언젠가 빛이 드는 순간이 찾아온다고 믿습니다.

시간은 흐르고 삶은 계속됩니다. 무슨 일이 벌어지든 우리는 앞으로 나아가며 내일을 준비합니다. 책 속에서 길어 올린 생각의 조각들은 '인간'의 문제로 귀결됩니다. 그리스의 신 에르메스와 소설《백경》의 항해사 스타벅은 명품 가방과 커피 브랜드가 되어 우리 곁에서 생활하고 있습니다. 신화와 문학뿐 아니라 인문학적 지식과 개념들은 일상생활에서도 자주 활용됩니다. 한 권의 책은 거인이 아니라 난쟁이에 불과할지도 모르지만, 집합명사로서 '책'은 모양과 크기가 다른 책들이 조화를 이룬 거대한 피라미드가 아닐까요?

그리스 시인 아르킬로코스는 "여우는 많은 것을 알고 있지만 고슴도치는 하나의 큰 것을 알고 있다."라고 말했습니다. 이 말을 토대로 영국 철학자 이사야 벌린은 인간을 두 유형으로 나눴습니다. 서로 모순되더라도 다양한 목표를 추구하는 사람은 여우형이고, 명료하고 일관된 하나의 시스템에 관련시키는 사람은 고슴도치형입니다. 흑백 논리와 이분법으로 사람을 구분하는 건 옳지 않으나 이 책을 읽는 당신은 어느 쪽인가요? 대개 사람들은 먼 곳이 아니라 가까운 곳에, 전체가 아니라 부분에 집착합니다. 눈앞에 놓인 현실을 외면할 수는 없으나 시선은 멀리 두고 넓고 깊이 생각하는 연습이 필요합니다. 여우형과 고슴도치형은 개인의 현재 성향에 불과합니다. 사람은 한순간도 머물지 않고 변한다고 믿습니다. 사물의 색은 서로에게 묻게 되어 있습니다. 모든 사물은 각자 고유한 색을 가진 것처럼 보이지만 사실은 빛 안에서 상호작용합니다. 여우와 고슴도치는 따로 또 함께 살아가야 할 운명인지도 모릅니다.

'개념이 없다'는 말을 하거나 들어본 적이 있나요? 말과 행동이 상황과 맥락에 맞지 않을 때 사용하는 말입니다. 개념은 생각입니다. 생각도 노력과 연습이 필요합니다. 본문에서 다루고 있는 스물일곱 개의 개념 혹은 용어는 익숙한 듯 낯설기도 합니다. 지식과 정보에 실시간으로 접속하는 시대를 살아가며 개념 하나를 붙잡고 문학과 사회, 철학과 과학, 문화와 예술 사이를 오갔습니다. 개념과 용어보다 단어 하나, 문장 하나가 씨앗이 되어 생각하는 시간을 마련했습니다. 한곳에 머물지 않고 그 생각이 확장되고 흘러넘쳐 다른 생각과 합쳐지는 과정은 오롯이 한 사람의 깊이와 넓이에 닿을 것입니다.

흔히 독서가 취미라고 생각하는데 저는 동의하지 않습니다. 여유를 즐길 때 책 읽는 취미는 나쁘지 않으나, 인생은 실전이고 책은 실전을 치를 때 꼭 필요한 무기라고 생각합니다. 인문학적 개념, 철학 용어, 경제 이론이 취미일 수는 없습니다. 실전에서 문제가 생기면 시간이 걸리더라도 근본적인 해결 방법을 찾아야 합니다. 인생은 실전이고 책은 무기입니다. 독서는 무지를 자각하며 타인과 세상을 이해하는 통찰력을 선물합니다. 이 책이 스스로 성장하며 자기 삶의 주인공으로 거듭날 수 있는 마중물이었으면 좋겠습니다.


커다란 주제로 묶은 **선택, 속도, 공존, 시선, 시간, 성장**은 순서대로 읽을 필요가 없습니다. 관심 있는 주제, 눈길이 가는 글부터 천천히 읽다 보면 시나브로 바뀌고 있는 자신을 발견하리라 믿습니다. 책 속에서 삶의 길을 찾고 태도와 방향을 점검하려는 분들을 응원합니다.

ⓒ 박관홍

# 차 례

선택

ⓒ 박관홍

차선을 바꾸다가 깜짝 놀라 핸들을 꺾는다.

도로 제자리.

다시 차선 변경 기회를 엿보지만

어느 타이밍에 끼어들어야 할지 판단이 서질 않는다.

우리가 선택의 순간마다 부딪치는 고민이다.

지금 바꿔야 할까, 조금 더 직진해야 하나.

# 마침, 바로 그때!

**데우스 엑스 마키나**
∘

∘
**Deus ex machina**

신호 대기 중, 잠시 하늘을 본다. 맑고 푸른 겨울 하늘에 비행기 한 대가 날아가며 길고 선명한 자국을 남긴다. 차고 습한 대기를 지나며 비행기가 남긴 자취를 따라 생긴 구름을 비행운이라 한다. 머지않아 흔적도 없이 사라질, 그 자리에 머물렀다는 분명한 증거. 하루살이처럼 오늘을 사는 우리도 어딘가를 향해 맹목적으로 날아가지만, 거대한 시간의 소용돌이는 지나온 자리를 지운다. 돌아보면 아득한 어제와 뿌연 창문 너머의 내일 사이에서 매일 흔들리며 일상을 견딘다. 그렇게 가족과 연인 그리고 친구에게 의지한 채 행복을 찾으려 비틀거린다.

## ∞ 시대를 초월한 우연 혹은 운명

모든 만남은 운명을 가장한 우연에 불과하다. 매일 부딪치는 외부 세계의 사건과 왠지 친숙하게 느껴지는 타자들이 때때로 낯설게 보이는 건 기분 탓이 아니다. 희박한 확률의 행운, 기적에 가까운 첫사랑과의 만남도 우연의 일치에 불과하다. 그곳에 갈 수밖에 없었던 사정이 있을 테고, 사건의 연쇄적 반응에 의한 타이밍이었을 뿐일 테다. 이는 아주 오랫동안 인류의 역사, 문화, 예술의 주제였으며 인간의 삶을 지배하는 숨은 원리로 작용해왔다. 여전히 많은 작가에게 영향을 미치고 있는 그리스 비극 작가 에우리피데스의 《메데이아》와 《타우리케의 이피게네이아》를 살펴보자.

그리스 신화에서 콜키스의 왕 아이에테스의 딸 메데이아는 황금 양모피를 찾아온 영웅 이아손과 사랑에 빠진다. 연인을 위해 아버지를 배신하고 동생까지 죽였으나 사랑의 도피는 불행으로 완성된다. 메데이아는 이아손을 위해 이올코스의 왕 펠리아스를 죽이고 코린토스로 옮겨왔지만, 결국 이아손은 크레온의 딸에게 눈을 돌린다. 남편의 배신에 절망한 메데이아는 독이 묻은 드레스와 머리띠

를 결혼 선물로 보내 신부와 그녀의 아버지를 죽인다. 이
야기의 절정은 메데이아가 자신의 두 아들을 죽이는 장면
이다. 사랑의 배신은 잔인한 복수를 잉태한다. 아비에게
자식 잃은 슬픔을 주기 위해 어미는 기꺼이 모정을 포기한
다. 두 아들의 죽음을 확인하고 이아손이 절망에 몸부림치
며 분노하는 순간, 메데이아는 할아버지 헬리오스가 보내
준 용들이 이끄는 수레를 타고 지붕 위에 나타난다. 마음
껏 이아손을 조롱한 후 그녀는 미리 망명을 허락받은 아테
나이로 유유히 사라진다.

또 이런 이야기도 있다. 트로이로 진격하던 그리스군
은 폭풍우를 잠재우고 신들의 노여움을 풀기 위해 아르테
미스 여신에게 아가멤논의 딸 이피게네이아를 제물로 바
치라는 신탁을 받는다. 몰래 숨어든 오빠 오레스테스 일행
과 함께 탈출에 성공한 이피게네이아는 타우로이족의 왕
토아스에게 추격을 당한다. 몰살의 위험에 처한 순간, 하
늘에서 아테네 여신이 내려와 토아스를 설득하고 위기에
처한 이피게네이아를 구해준다. 고대 그리스 비극뿐만 아
니라 동양 고전에도 뜬금없이 해결사가 나타나는 이야기
가 많다. 절체절명의 순간 맥락 없이 나타나는 신과 영웅,
기막힌 우연과 초자연적인 현상의 결합은 플롯을 망치는

지름길이지만 독자에겐 꿈과 환상을 심어주기도 한다. 이 같은 간절함은 시대와 국가를 초월한 인류의 보편적 정서다. 실현 불가능한 꿈을 실현하는 도구로서 문학의 보편성은 나약한 인간의 본능을 자극한다.

그리스 비극에서 주로 쓰이는 연출 기법인 라틴어 '데우스 엑스 마키나deus ex machina'는 신이 기계 장치를 동원해 나타나는 장면을 의미한다. 도저히 해결될 수 없을 만큼 사건이 복잡하게 꼬였을 때, 무대 꼭대기에서 기계 장치를 타고 내려온 신이 갈등을 해결하는 기법이다. 초자연적 힘을 이용해서 위기를 극복하거나 기적에 가까운 우연으로 문제가 해결되는 경우도 '데우스 엑스 마키나'에 해당한다.

17세기 이후 과학적 계몽주의는 인간을 이성적인 존재로 거듭나게 했다. 어떤 사건이 벌어지면 인과 관계를 살피고 합리적인 이유를 생각하게 된 것이다. 사람들은 이제 더 이상 '마침, 바로 그때!'와 같은 우연한 사건 해결 방식에 흥미를 느끼지 못한다. 하지만 여전히 알 수 없는 미래와 자기 능력 밖의 문제를 해결해 줄 행운을 기다린다. 그것이 우연이든 운명이든 상관없다. 현대인의 고독과 불안은 그리스 비극의 주인공보다 더 간절하게 데우스 엑스 마키나를 기다리는지도 모른다.

## ∞ 비 올 때까지 기우제를 지내는 고독한 마음으로

현대인은 이성과 논리에 바탕을 둔 과학적 사고에 익숙하다. 그런데도 우리는 왜 어린 시절 만화에서 본 히어로를 상상하고 실현 불가능한 꿈을 꾸는 걸까? 영화 〈슈퍼맨〉에서 〈이터널스〉에 이르기까지 현실에 없는 해결사를 기다리는 관객들의 속마음이 궁금하다. 전래동화 〈해와 달이 된 오누이〉에는 하늘에서 동아줄이 내려온다. 영국 민화인 〈잭과 콩나무〉는 땅에서 자란 콩나무가 하늘에 닿는 이야기다. 시대와 국경을 넘어 인류는 언제나 불가능한 꿈과 이야기에 매료된다. 그러나 현대인은 꿈과 현실 사이에서 때때로 길을 잃는다. 현실 도피처로서 문학은 독자가 꿈꿀 권리를 보장하지만, 개연성 없는 허구는 절망을 양산하는 부작용을 남긴다. 오늘도 여전히 확대 재생산되는 '데우스 엑스 마키나'는 현실적인 문제를 해결할 수 없다.

누군가는 오늘 저녁에 로또를 사고 또 누군가는 내일 아침 경마장에 간다. 행운을 바라는 마음을 비난할 사람은 없겠으나 '인생은 한방'이라는 생각이 주는 좌절과 패배감은 심각하다. 누군가는 가상화폐로 일확천금을 얻고, 누군가는 부동산과 주가 폭등으로 인생 반전에 성공한다. 이들은 하늘에서 내려온 튼튼한 동아줄을 잡은 것일까.

초보 운전자 시절, 액셀을 밟을수록 근육은 긴장되고 시야는 좁아졌다. 슬쩍슬쩍 백미러로 옆 차선을 살피며 차선 변경 신호를 보내도 속도를 줄이며 양보하는 차는 많지 않다. '사물이 거울에 보이는 것보다 가까이 있음'을 망각한 채 차선을 바꾸다가 깜짝 놀라 갑자기 핸들을 꺾는다. 도로 제자리. 다시 차선 변경 기회를 엿보지만 옆 차선 차들의 속도가 더 빨라 보인다. 어느 타이밍에 속도를 높여 자연스레 끼어들어야 할지, 브레이크를 밟으며 차선 변경을 시도할지 판단이 서질 않는다. 우리가 선택의 순간마다 부딪치는 고민이다. 지금 바꿔야 할까, 조금 더 직진해야 하나. 수천 년 전 에우리피데스도 "사물이란 그 모습이 똑같은 것이 아니라, 멀리서 볼 때 다르고 가까이서 볼 때 다른 법이지요."라고 말했다. 어쩔 수 없는 노릇이다. 처음에는 거울을 보는 대신 창문을 열고 고개를 돌려 직접 옆 차선의 상황을 살펴야 한다. 익숙해질 때까지 백미러와 룸미러 보는 연습이 초보에겐 쉽지 않은 일이다.

실제로 우리는 요행을 바랄 때가 많고, 타이밍을 잃고 당황하기도 한다. 그리고 생각보다 많은 오류와 착각에 빠져 살아간다. 우리는 자신의 부시힘이 어느 정도인지조차

가늠하지 못한다. 대개 자신이 무얼 모르는지도 알지 못한다. 안다고 해서 해결되는 문제도 생각보다 많지 않다.

나이가 들어가도 중요한 일들은 어쩜 그리 다 처음인지. 첫 키스, 첫사랑, 첫 직장뿐 아니라 결혼도 아빠도 엄마도 처음 해 본다. 부모 연습을 해 본 적도 없고 서른이나 환갑도 첫 경험이다. 지난 시간을 거울삼아 현재를 살고 미래를 준비하지 않으면 온통 처음뿐인 우리 인생에 데우스 엑스 마키나는 없다. 스스로 행운을 만들고 책임지는 자세가 진정한 데우스 엑스 마키나다. 기우제는 비가 올 때까지 비는 마음의 표현일 뿐이다.

조 퀴넌은 《아직도 책을 읽는 멸종 직전의 지구인을 위한 단 한 권의 책》에서 "책은 언제나 나에게 안전밸브, 경우에 따라서는 데우스 엑스 마키나, 다시 말해 초자연적인 해결 방법이었다."라고 선언했다. 누군가는 책 속에서 길을 찾고 누군가는 구원자를 기다리며 누군가는 사랑하는 사람을 찾는다. 가만히 앉아 희망 고문을 당하는 대신 벌떡 일어나 스스로 한 걸음씩 내딛는 게 낫지 않을까.

자기 인생에서 '마침, 바로 그때!'를 기다리며 데우스 엑스 마키나를 바라는 사람은 원망이 쌓이고 분노만 커질 뿐이다. 기다려도 하늘에서 동아줄은 내려오지 않는다. 하늘은 스스로 돕는 자를 돕는다고 했다. 스스로 돕는 힘을 기르는 것은 고독한 일이지만, 오직 그럴 때만 우리는 자신만의 스타일을 만들어 낼 수 있다. 하늘의 동아줄도, 데우스 엑스 마키나도 우선 자기만의 스타일로 노력하는 사람이 얻는 게 아닐까. 간절함과 열정이 없다면 기회도, 우연도 찾아오지 않을뿐더러 찾아와도 눈치채지 못한다.

# 행운과 기회를 찾는 능력

세렌디피티

○

Serendipity

앞머리가 무성한 이유는 사람들이 나를 쉽게 붙잡을 수 있도록 하기 위함이고, 뒷머리가 대머리인 이유는 내가 지나가면 사람들이 다시는 붙잡지 못하도록 하기 위함이며, 손에 들고 있는 칼과 저울은 나를 만났을 때 신중하게 판단하고 결정하기 위함이며, 발에 날개가 달린 이유는 최대한 빨리 사라지기 위해서다. 내 이름은 기회이다.

이탈리아 토리노 박물관에 새겨진 그리스 조각상 밑에 새겨진 문장이다. 이 우스꽝스러운 신은 누구인가.

## ∞ 위기와 기회를 가르는 건 각자의 선택일 뿐

그리스어로 시간을 의미하는 단어는 둘이다. 물리적, 절대적 시간인 '크로노스kronos'와 상대적, 주관적 시간인 '카이로스kairos'다. 시간이 없으면 세상 만물은 존재할 수 없다. 생명의 탄생과 죽음, 자연의 순환은 크로노스의 절대적 힘에 의존한다. 인간은 이와 같은 시간 속에서 각자 자기 삶을 영위한다. 그래서 카이로스는 개별적 존재에 의미를 부여한다고 믿는다.

행운과 기회의 신 카이로스는 벌거벗고 있어 누구든지 볼 수 있고 쉽게 잡을 수 있다는 점에서 공평한 듯 보인다. 하지만 한번 지나간 시간은 절대 돌아오지 않는다. 단 한 번뿐인 시간이 켜켜이 쌓여 한 사람의 인생이 된다. 돌이킬 수 없으니, 선택은 후회와 아쉬움을 만들기도 하지만 기쁨과 행복을 선물하기도 한다. 비록 신화 속의 이야기지만 카이로스 조각상은 관람객들에게 한순간도 쉬지 않고 흘러가는 시간의 소중함을 일깨우고 그 모든 시간이 기회이자 위기라고 말하는 듯하다.

세상을 살면서 중요한 건 행운과 기회를 알아보는 혜안이다. 같은 시간과 장소에 있어도 사람마다 서로 다른 경험을 하듯 대한민국에서 오늘을 살아가지만 보고 듣는 건 각자 다르다. 그것이 행운인지 불행인지, 기회인지 위기인지 알지 못하고 생각 없이 시간을 흘려보낼 때가 많다. 이런 수동적이고 관조적인 삶은 자못 조심스럽고 신중해 보인다. 하지만 이런 태도로 어떤 기회, 뜻밖의 행운을 기대해선 안 된다. "나는 왜 이렇게 운이 없는지 모르겠다."라는 푸념은 대체로 잘못된 선택의 합리화에 불과하다. 일이 좀체 풀리지 않고 갈수록 꼬이기만 해서 되는 일이 없을 때 사용하는 머피의 법칙murphy's law과 그 반대 상황인 샐리의 법칙sally's law은 우연의 반복으로만 설명할 수 없다. 스스로 관찰하고 신중하게 선택한 게 아니라 습관적인 생각과 행동의 결과다. 사소한 실수와 부주의, 무의식적인 행동과 편견, 상대방에 대한 무관심과 대상에 대한 무지가 누적된 일상이 자연스럽게 머피의 법칙 혹은 샐리의 법칙을 만든다.

장강명은 "사람은 대부분 옳고 그름을 분간하고, 그른 것을 옳게 바꿀 수 있는 능력이 있다. 그러나 모든 사람이 그 능력을 실제로 사용하는 것은 아니다."라며 "공감 없는 이해는 자주 잔인해지고, 이해가 결여된 공감은 종종 공허해진다."라는 말로 일상의 갑을 관계와 감정노동을 연작소설 《산 자들》에서 구체적으로 풀어냈다. 가족, 친구, 직장 동료와 상사 등의 인간관계부터 학업과 시험, 업무와 일 처리, 쇼핑과 여가에 이르기까지 일상에서 위기와 기회는 상존한다. 그 안에서의 작은 차이가 행복과 불행을 가른다. 세상을 바라보는 관점, 외부 사건을 인식하는 태도, 스스로에 대한 객관적 시선이 각자의 삶을 결정한다. 생각하지 않는 관습적 사고, 타성에 젖은 습관적 행동으로는 기회를 만들거나 위기를 극복할 수 없다. 수많은 우연과 기회는 자기 생각과 삶의 태도가 만든 결과에 불과하다.

변화 가능성, 또 다른 대안, 상황에 따른 적응력이 위기를 기회로 만들고 행운을 만나게 해 준다. 창의력으로 가득한 삶은 뇌의 신축성을 유지해 주며 주변 세상을 리모델링한다. 이런 변화를 끌어내면서 변신 로봇처럼 살아갈 때 당신의 인생은 카이로스로 가득하지 않을까.

DNA 이중 나선 구조로 노벨상을 받은 영국의 분자생물학자 제임스 크릭은 "단 한 가지 이론을 갖고 있는 사람은 위험하다. 그런 사람은 목숨을 걸고 그 이론을 지키려 하기 때문이다."라는 말로 유연한 사고의 중요성을 강조했다. 혁신은 '옳은' 것을 찾는 문제가 아니라 '다음은 무엇인가'의 문제다. 인간은 늘 미래 지향적인데 거기에는 절대 정착점이 없다.

## ∞ 운명적 사랑과 우연한 선택

주식이나 부동산에 투자하는 방식이 합리적이고 이
성적 판단에 근거하지 않는다는 사실은 익히 알려져 있다.
실물 자산이나 금융 자산에 투자하거나 직장을 바꾸거나
결혼을 고려하는 등의 불확실한 상황에서 논리가 아닌 '감
정'과 '직감'이 결정적 역할을 담당하는 경우가 많다. 후회
라는 끔찍한 감정을 느끼지 않기 위해 우리는 보수적으로
행동하는 경향이 있다. 이것이 바로 '후회에 대한 두려움'
이며, 우리를 이따금 비합리적으로 행동하도록 몰아가는
원인이다.

가장 합리적인 선택을 해야 하는 경제 문제조차 감정
이 앞선다면 일상생활의 선택은 말할 필요도 없다. 더구나
자신감이 부족하고 자존감이 낮은 사람은 어떤 선택 앞에
서 끝없이 망설인다. 후회를 피하려는 마음이 오히려 합리
적 선택을 방해한다. 인간은 어차피 불합리한 존재다. 선
택도 연습이 필요하고 자신의 선택에 책임지는 태도가 행

운과 기회를 가져다준다.

　조나단과 사라는 백화점에서 애인에게 줄 선물을 고르다 우연히 만난다. 영화 〈세렌디피티〉는 '뜻밖의 재미, 기쁨'이라는 뜻으로 제목이 주제를 암시한다. 세상의 모든 연인은 우연을 운명으로 받아들이며 그 순간 아름답고 낭만적인 러브스토리가 탄생한다. '그' 혹은 '그녀'를 만나는 순간, 크로노스의 시간이 카이로스의 시간으로 바뀌는 경이로움은 사랑에 빠져보지 않으면 알 수 없다. 무모한 열정에 휩싸여 눈에 뵈는 게 없는 순간들을…. 그런 사랑이 아니라면 우리가 살아갈 이유가 없다고 하지만 언젠가 다시 크로노스의 세상으로 돌아온다. 영원한 사랑이라는 신화는 '후회에 대한 두려움'이 빚은 동화에 불과할지도 모른다. 조나단의 연락처가 적힌 지폐로 솜사탕을 사 먹고 《콜레라 시대의 사랑》 초판본에 자신의 이름과 전화번호를 적어 헌책방에 파는 사라의 마음은 충분히 짐작할 수 있다. 첫눈에 반했지만 각자 애인이 있는 상황에서 두 사람은 그 무엇도 쉽게 선택할 수 없다. 그렇다고 자신의 감정을 속이고 싶지도 않다. 사라는 이 만남이 우연인지 운명인지 시험해보고 싶었다. 조나단이 행운이자 기회인지 불행이자 위기인지 알 수 없기 때문이다. 어쩌면 사라의 행동은 자기감정을 외면하기 위한 변명이다. 만약 당신이 조나단, 혹은 사라였다면 어떤 선택을 했을까.

세렌디피티는 '우연한 발견, 행운'이라는 의미로도 사용된다. 사랑하는 사람과의 첫 만남이 아니어도 우리는 다양한 우연과 행운 곁을 지나친다. 굳이 붙잡지 않아 사라졌던 순간들을 떠올려보면 늘 미련과 아쉬움이 남는다. 그때 이직을 했더라면, 그 사람과 결혼했더라면, 이 집을 사지 않았다면…. 후회는 현재와 미래에 부정적 영향을 미칠 뿐이다. 반성이나 성찰과 달리 소극적 태도와 불안을 선물한다. 하지만 자신의 안목, 성향, 기질 때문에 그 순간으로 다시 돌아가도 선택은 크게 달라지지 않을 것이다.

편견 없는 시선, 적극적이고 능동적인 태도, 생각한 대로 행동하는 용기를 내지 않으면 세렌디피티는 찾아오지 않는다. 관심이 없으면 보이지 않는다. 안목도 실력이다. 우연한 행운과 기막힌 기회가 지나가도 보지 못하면 후회할 일도 없다.

행운과 기회를 알아보는 '안목'은 개인의 고유한 삶의 태도와 방법으로 길러진다. 관심 분야가 다르고 삶의 지향점이 제각각인 상황에서 비슷한 행운이 찾아올 리 없고 같은 기회가 주어질 수도 없다. 또한 같은 사람을 만나고 유사한 상황에 직면해도 나와 무관한 일이 될 수도 있다. 누구를 만나느냐, 어디를 가느냐, 무엇을 바라보느냐도 중요하지만, 각자의 관심과 욕망이 위기를 기회로 만들고 행운을 불행으로 혹은 불행을 행운으로 바꾸기도 한다. 사실 우리 삶에 정해진 건 그리 많지 않다. 자기만의 길을 만들고 과정을 즐기며 카이로스의 시간으로 만들 수 없다면 삶은 그 자체로 고통의 크로노스다. 목표가 수단과 방법을 정당화하지 못하고 결과가 과정을 위로할 수 없다. 바로 지금 여기, 이 순간, 이 사람이 세렌디피티일 수도 있다. 사물과 사람과 맺는 모든 관계는 각자의 선택에 달려 있다. 물론 그 결과도.

# 시키는 대로 하지 않을 자유

**바틀비 증후군**
○

○
**Bartleby syndrome**

입사 2년 차 회사원이 과로와 스트레스로 스스로 목숨을 끊었다는 뉴스가 오래 기억에 남는다. 현대인의 일상은 '일'이 먼저일 때가 많다. 일하는 시간과 삶의 행복을 균형 있게 유지하는 선택권이 누구에게나 주어지는 건 아니다. 벼랑 끝에 선 사람이 내민 손길에 직장 상사는 "너 임마 갈 데까지 간 거야. 갈 데까지 갔다는 게 뭔 얘기 하는 건지 알지? 뒤가 없다고. 너 멘탈 진짜 약해. 바뀌어야 돼. 울지 말고, 울긴 뭘 울어."라고 말했다. 회사에 적응하지 못한 게 아니라 한 사람을 극단까지 밀어붙였다.

## ∞ 세상이 달라져도 왜 계속 고단할까

영화 〈모던타임즈〉에서 찰리 채플린은 대량 생산 체제의 공장에서 기계 부품처럼 일하는 노동자를 풍자했다. 쉬지 않고 돌아가는 컨베이어 벨트와 기계 부품을 반복적으로 조이는 노동자는 한 몸처럼 움직인다. 분업의 효율성을 극대화한 장면이 자본주의 시스템을 상징적으로 보여준다.

시대가 바뀌고 세상이 달라졌지만, 노동자의 굴레는 크게 달라지지 않은 듯하다. 일본은 2014년부터 세계에서 유일하게 과로사를 따로 공식 분류하고 「과로사 방지법」을 만들었다. 직장 내 괴롭힘에 의한 정신과적 자살도 '과로사'에 포함했다. 산업 현장의 수많은 중대 재해, 정확한 원인조차 밝히기 어려운 숱한 과로사들은 우리가 사는 공동체 안에서 오늘도 이어지는 사회적 타살이다.

9 to 6, 주 52시간이라는 거대한 자본주의 시계 안에서 바쁘게 살아가는 사람들은 노동 강도를 따지거나 밥벌이의 지겨움을 느낄 여유도 없다. 치열한 생존 경쟁의 현장에서 일하는 사람들의 죽음과 자살은 매우 심각한 사회 문제로 주목받지만 근본적인 해결책에 대한 고민으로 이

어지진 않는다. 지금은 상상할 수 없는 일이지만, 산업혁명 초기 영국에서는 열 살도 안 된 어린아이들이 하루 15시간씩 공장에서 일했다. 그러다가 차츰 노동자의 권리가 보장되며 '인간'으로서의 삶을 보장하는 방향으로 문명이 진보했다. 현재 하루 8시간 노동제는 국제 표준이 되었으나 하루 6시간 노동제, 주 4일 근무를 도입하는 회사도 늘고 있다. '인류의 역사는 노동시간 단축의 역사'라는 리오 휴버먼의 진단은 산업사회에서 인류의 삶을 함축한다. 하지만 노동시간 단축의 역사도 단단한 자본주의 시스템에 균열을 일으키진 못했다. 노동환경은 개선된 듯 보이지만 경쟁은 치열해졌고, 개별 노동자의 삶은 더욱 고단해 보인다. 팬데믹 시대에 활성화된 재택근무는 오히려 일터와 집의 경계를 모호하게 만들고, 네트워크 시스템은 편리함을 넘어 시간과 공간의 구별이 없어지는 부작용을 낳았다. 현대인은 여전히 쫓기듯 바쁜 일상으로 하루를 보낸다.

불평등이 해소되지 않으며 빈부격차가 심각해지는 상황에서 더 나은 삶을 위한 각자도생은 계속된다. 현대인의 일과 놀이는 경험과 접속으로 이뤄진다. 공간의 이동이 줄고 노동시간은 단축됐으나 심리적 휴식과 안정은 근대 산업사회의 노동자들보다 퇴보한 것처럼 보인다. 시간적 여유가 심리적 안정과 휴식으로 이어지지 못하는 이유는 개인들의 성향과 기질의 변화 때문이 아니다. SNS로 공유된 유행이 개인의 휴식과 여가, 다양한 놀이 문화를 축소한다. 고독과 여유가 사라지고 노동과 일상은 여전히 빠른 속도로 진행된다. 시간은 어디로 사라졌을까. 아니, 시간은 그대로인데 왜 우리는 점점 바빠지는 걸까.

어느 날 문득, 도심 한복판 횡단보도에서 신호를 기다리다 하늘을 올려다본 적이 있다. 바람에 밀려가는 구름은 한순간도 멈추지 않고 다른 모습으로 변했다. 4차 산업혁명 시대를 사는 우리도 계속해서 성장해야 한다는 강박이 생긴 건 아닐까. 사람들은 흘러가는 구름처럼 시시각각 다른 모습으로 변화, 발전하는 삶을 지향한다. 그러나 자본주의 사회에서 자기 계발은 오히려 현대인의 삶에 '덫'이 될 수도 있다. 자유와 평등이 보장된 사회라는 믿음이 모든 실패와 가난을 개인의 책임이라는 함정에 빠트린 것처럼. 그 결과 실패하지 않기 위해 조심스럽게 모두 비슷한 길을 걷고 비슷한 꿈을 꾼다. 서로 다른 길을 걷는 사람을 보면 다양성을 존중하기보다 틀렸다고 지적하기 바쁘다.

손 스튜어드 밀은 《가유론》에서 "인간이 불완전한 상

태에서는 서로 다른 의견이 존재하는 것이 유익하듯 삶의 실험도 다양하게 이뤄질 필요가 있다. 다른 사람에게 피해를 주지 않는 한, 각자의 개성을 다양하게 꽃 피울 수 있어야 한다. 개성이 아니라 전통이나 관습에 따라 행동하게 되면, 인간을 행복하게 만드는 요소 가운데 하나이자 개인과 사회 발전의 불가결한 요소인 개별성을 잃게 된다."라고 주장했다. 개성을 존중하고 다양성을 인정하는 사회가 건강하다. 지금 우리는 어떤 세상에서 어떤 모습으로 살아가고 있는지 돌아보면 좋겠다. 바쁘게 돌아가는 일상에, 세상에 나를 맞추고 견고한 시스템에 적응해가며 적자생존의 논리를 내면화하면 결국 영화 〈설국열차〉에서처럼 열차의 꼬리 칸에서 벗어날 수 없다.

## ∞ 그렇게 안 하고 싶다고 말할 수 있는 용기

경마장에서 달리는 경주마 3분의 1은 어느 순간 '바틀비 증후군bartleby syndrome' 증상을 보이며 더 이상 최고의 속력으로 달리지 않는다. 바틀비 증후군은 자발성을 허용하지 않는 일에 대한 의욕 상실과 무감각을 의미한다.

인간에게도 언젠가 찾아올 수 있는 증상이다. 전부를 걸고 몰두했던 일에 환멸을 느끼는 순간, 믿었던 사람에게 배신을 당했을 때, 자기 믿음이 송두리째 무너지는 경험이 자연스레 바틀비 증후군을 유도한다. 분명한 원인은 알 수 없으나 외부의 자극뿐만 아니라 내적인 동기와 의욕도 사라진다. 무기력한 날들이 계속되고 일도 사랑도 무의미하게 느껴진다면 여기에 해당하는 사람일지도 모르겠다.

　　바틀비 증후군은 탈진 상태를 의미하는 '번아웃 증후군burnout syndrome'과 유사하지만 차이가 있다. 미국의 정신분석가 허버트 프로이덴버거는 바틀비처럼 열심히 일하다가 갑자기 일에 대한 보람을 잃고 무기력에 빠지는 현상을 가리켜 번아웃 증후군이라는 이름을 붙였다. 번아웃은 사람이 스트레스와 피로에 장시간 노출되면 신체적, 정신적인 에너지가 급격히 소모되어 결국에는 무기력에 시달리고, 자기 일에 대한 의미를 상실한 채 건강까지 위협받는 상태를 말한다. 이런 상태를 의학적으로 어떻게 분류하고 치료법이 무엇인지는 상관없다. 거의 모든 한국인이 바틀비 증후군이나 번아웃 증후군에 속하는 게 아닐까 싶은 의심이 드는 현실이 문제다.

　　허민 멜빌의 소설 《필경사 바틀비》에서 바틀비는 월

스트리트의 변호사 사무실에서 서기로 일한다. 수동적이지만 고집이 세고 완고한 성격이다. 자신이 맡은 필사를 제외하고 문서를 검토하거나 급한 사무 처리를 거부하며 "그렇게 안 하고 싶습니다.I would prefer not to."라는 말을 반복한다. 결국에는 필사마저 거부하고 아무 일도 하지 않은 채 멍하니 사무실에서 지내다 죽는다는 특이한 소설이다. 한병철은 《피로 사회》에서 바틀비를 성과 사회의 '번아웃 증후군'과는 양상이 다른, 규율 사회 속에서 소진된 인물이라고 분석한다. 모두 사람이 '예'라고 할 때 혼자서 '아니오'라고 말할 수 있는 용기는 개인적인 불이익과 불편을 감수하겠다는 의지의 표현이다. '가만히 있으면 중간이다', '전체적인 흐름을 벗어나지 말라', '혼자 튀어봐야 손해다', '어차피 대세는 정해졌다', '세상은 나 혼자 바꿀 수 없다'는 식의 처세술을 가장한 자기기만은 우리를 슬프게 한다.

고독한 우리 안의 바틀비는 그렇게 안 하고 싶다고 외치려 하지만 현실은 녹록하지 않다. 여태껏 버틴 시간을 포기할 수 없기 때문이다. 하지만 모멸감을 견디며 자신을 몰아붙여 버티는 시간이 그리 오래 가지 않는다는 걸 우리는 이제 잘 알고 있다.

마르크스는 '경제적 소득'과 '실질적 소득'을 구분했다. 경제적 소득은 일정 기간에 얻은 총수입 금액, 즉 우리가 알고 있는 명목소득에 해당한다. 반면 실질적 소득은 통화가치의 변동, 즉 물가 상승률이 반영된 명목소득의 상대적 가치를 의미한다. 여기에 한 가지를 더 고려해보자. 얼마를 버느냐가 아니라 '나'를 위해 쓸 수 있는 돈은 얼마인가. 또 자유롭게 사용할 수 있는 시간은 얼마나 되나. 시간은 많지만 쓸 돈이 별로 없을 수도 있고, 돈 버느라 바빠서 시간이 없을 수도 있다. 경제적 소득과 실질적 소득은 원하는 만큼 쓸 수 있는 돈의 액수, 즉 '가처분 소득'과 마음대로 보낼 수 있는 시간, 즉 '가처분 시간'을 함께 고려해야 한다. 경제적 소득은 높지만 실질적 소득이 낮을 수도 있고 그 반대일 수도 있다. 돈을 벌기 위해서만 시간과 돈을 쓰거나 사치스럽고 과시적인 소비 습관이 오히려 빈곤한 삶일 수도 있다. 자본의 욕망은 끝이 없다. 그래서 현대인의 불안과 고독은 돈에 대한 집착으로 표현되기도 한다. 물질적 풍요로움과 자산 증식이 행복을 보장해주진 않는다.

영화 〈라스트 미션〉에서 90세가 넘은 감독이자 배우인 클린트 이스트우드는 "시간이 문제야. 다른 건 다 살 수 있지만 시간은 살 수 없더라고."라고 말한다. 이는 살아숨 쉬는 생물학적 생존의 시간이 아니라 자기 실존을 위한 '가처분 시간'을 의미한다. 그렇게 안 하고 싶다고 말할 권리, 아무것도 하지 않을 자유는 스스로 자기 삶의 주인으로 살려는 각성과 의지에 좌우된다.

세상에는 더 많은 바틀비가 필요하다. 바틀비 증후군은 치료해야 할 질병이 아니라 한 번쯤 도전해야 할 용기다. 그렇게 안 하고 싶다는 말 한마디가 아니라 그렇게 하지 않을 용기와 행동이 자신을 바꾼다. 1853년에 나온 허먼 멜빌의 짧은 소설 한 편이 여전히 많은 사람에게 '아니오!'를 외치고 있다. 껍데기를 벗고서 새로운 발걸음을 내딛기 위해서는 위험을 감수하고 실패를 염두에 둬야 한다. 의심과 질문과 도전은 이 땅의 모든 바틀비가 갖춰야 할 무기다. 결승선을 맨 먼저 통과하기 위해 기수와 혼연일체가 되어 맹목적으로 달리는 경주마가 될 것인지, 스스로 즐길 수 있는 속도로 넓은 들판을 내달리며 삶을 살지는 오로지 각자의 선택이다. 물론 그 결과 또한 각자의 몫이 아니겠는가.

고독과 여유가 사라지고
노동과 일상은 여전히 빠른
속도로 진행된다.
시간은 어디로 사라졌을까.
아니, 시간은 그대로인데
왜 우리는 점점 바빠지는 걸까.

# 몸통을 흔드는 꼬리의 즐거움

| 왝 더 독 | Wag the dog |
|---|---|

별이 빛나는 창공을 보고, 갈 수가 있고 또 가야만 하는 길
의 지도를 읽을 수 있던 시대는 얼마나 행복했던가? 그리고
별빛이 그 길을 훤히 밝혀주던 시대는 얼마나 행복했던가?

길을 잃고 헤맬 때마다 게오르그 루카치의 《소설의 이
론》 첫 문장을 떠올린다. 현대인은 거의 무한한 자유를 누
리는 대신 그에 따른 불안을 안고 산다. 밤하늘에 빛나는
별을 이정표 삼아 길을 걷던 시대, 미래에 대한 희망이 선
명했던 시절이 정말 행복했을지 알 수 없다. 하지만 우리가
사는 시대는 과도한 양의 지식과 정보로 인해 오히려 길을
잃기 쉽다. LED 조명과 내비게이션이 있지만 정작 다른 누

구도 아닌 자신의 길을 스스로 찾아가는 사람은 드물다.


## ∞ 그 사소함으로 그대를 불러 보리라


혼돈과 불안에 휩싸인 카오스kaos의 세계에 비해 안정된 질서인 코스모스cosmos는 아름답게 보인다. 시간의 흐름, 계절의 변화, 인간의 생로병사는 대체로 코스모스의 세계다. 이는 예측 가능해서 안정과 평화를 느끼는 상태를 말한다. 그러나 우리가 사는 세상은 그와 정반대인 카오스의 세계다. 준비하고 계획해도 예상은 빗나가기 쉽고 결과가 만족스럽지 않을 수도 있다. 작은 실수, 돌발 변수가 프로젝트를 망치고 인생을 반전시키기도 한다. 하루하루가 살얼음판을 걷듯 위태로운 현대인에게 확실하고 분명한 길을 비춰주는 밤하늘의 별빛은 사라진 지 오래다.

어디가 시작이고 어디가 끝인 줄도 모른 채 우리는 상황에 휩쓸릴 때가 많다. 주변 사람들의 권유, 어른들의 조언대로 진로를 선택하고 미래를 준비한다. 어떤 일을 하며 어떤 집에 살고 싶은지, 아이들을 어떻게 키워야 할지, 노후 생활을 위해 무엇이 필요한지에 대하여 연봉, 아파트

평수, 연금 같은 구체적인 숫자를 우선 고민한다. 스스로 만족하는 삶, 자기 행복을 추구하는 일, 주체적인 판단 능력과 태도가 성공한 삶이 아닌가. 전체를 보지 못하고 부분에 집착하며 눈앞에 보이는 물질과 문제에 집중하면 자기 삶의 중심을 잡기 어렵다. 평범한 욕망과 일상을 부정하는 게 아니다. 물질적 풍요와 안정을 추구하는 건 누구나 마찬가지다. 다만 그것이 수단과 과정이 아니라 자기 삶의 목적이라면 문제가 발생한다. 인간의 행복과 불행은 로또 당첨이나 전쟁 때문이 아니라 눈에 잘 띄지 않는 사소함이 결정할 때가 더 많다.

시인 황동규는 〈즐거운 편지〉에서 "내 그대를 생각함은 항상 그대가 앉아 있는 배경에서 해가 지고 바람이 부는 일처럼 사소한 일일 것이나 언젠가 그대가 한없이 괴로움 속을 헤매일 때에 오랫동안 전해 오던 그 사소함으로 그대를 불러 보리라."라고 '사소함'의 중요성과 무게를 전했다. 사소함이 중요함을 만들고 부분이 전체를 결정하며 꼬리가 몸통을 뒤흔들 수 있다. 그것은 가능성의 세계가 아니라 인간사의 중요한 비밀이다.

'왝 더 독wag the dog'은 주객전도主客顚倒 혹은 본말전도本末顚倒라는 의미다. 주로 주식시장에서 꼬리에 해당하는 선물시장이 몸통에 해당하는 현물시장을 좌우할 때 사용하는 말이다. 현물시장에서 파생된 선물거래의 영향력이 커지면서 오히려 현물시장을 결정하는 위력을 발휘하기 때문이다. 이와 유사한 사례는 너무 많다. 베리 레빈슨 감독의 영화 〈왝 더 독〉처럼 대통령 개인의 정치적 위기를 탈출하기 위해 전쟁 위기를 조성하고, 스타벅스 플래너를 받기 위해 커피 수십 잔을 주문하고, 자기 취향과 입맛보다 1+1이나 2+1 제품을 선택한다. 유튜브 채널과 1인 미디어 뉴스를 신뢰하고, SNS의 인플루언서가 대중스타와 연예인을 압도하는 세상이다. 인터넷이 펼친 네트워크 세상은 전통적인 매스미디어의 영향력을 감소시켰으나 정보 민주화로 인해 왝 더 독 현상은 일상이 되었다. 사소함은 언제든 사건과 세상의 중심이 될 수 있다.


## ∞ 질문하는 사람이 몸통을 흔들 수 있다

책은 인류 역사에서 항상 뜨거운 논쟁의 대상이었다. 지식과 정보의 유일무이한 전달 수단이었던 텍스트의 위기는 하루 이틀의 문제가 아니다. 인터넷이 발달할수록 그 위기는 절체절명의 순간을 맞고 있다. 패션, 음식, 여가, 유머까지 주도하는 유튜브, 실시간으로 뉴스와 다양한 정보를 제공하는 각종 SNS는 이제 꼬리가 아니라 지식과 정보의 몸통이 되었다.

윌리엄 프롤리는 텍스트를 중심으로 인류의 역사를 크게 세 시기로 분류했다. 첫째, 구술시대다. 문자가 발명되기 전, 비텍스트성non-textuality 시대를 말한다. 둘째, 텍스트성textuality 시대다. 텍스트가 나와서 성장하던 시대를 말한다. 셋째, 초텍스트성hyper-textuality 시대다. 인쇄기술에 의해 텍스트가 대량 생산되고 소비되던 시대다 이제 우리는 초텍스트성을 넘어 미디어 텍스트성media-textuality 시대를 살아가고 있다.

지식 전달의 주류 매체인 책이 비주류가 되는 과정을 겪는 사람들은 혼란스럽다. 학교 공부, 자격증 시험, 각종 고시에 매달려야 하는 현실은 여전히 텍스트 위주다. 그러나 주류와 비주류, '인싸'와 '아싸'는 언제든 뒤바뀌어 꼬리가 몸통을 흔들 수 있다. 아니 그런 전복적 사고와 상상력을 가진 사람이 진정한 왝 더 독을 만들어 간다. 탈텍스트 혹은 미디어 텍스트 시대는 언젠가 또 다른 형태로 전환될 수도 있다.

문자 발명 이후 인간은 텍스트를 떠나 살 수 없다고 믿었다. 인류 문명과 과학기술 발전의 토대는 책이었기 때문이다. 각종 미디어의 발달과 변화 속도는 눈부시다. 그러나 문자는 매체와 형태가 바뀌어도 그 기능과 역할은 변하지 않을 것이다. 흔히 동영상과 오디오 클립이 이를 대체하고 있다고 여기지만 본질적인 지식의 원천은 바뀌지 않고 있다. 텍스트든 각종 미디어든 각자의 길을 걷다 보면 교차로에서 만나고 또 갈라질 것이다. 매체의 관계는 서로 다른 사람들의 관계처럼 따로 또 같이 한발씩 앞으로 나아간다. 때로는 꼬리가 되어, 때로는 몸통으로 인간의 삶을 이끌 것이다.

그러려면 과학적 사고, 논리적 판단, 합리적 선택이 필요하다. 과학을 할 때 우리가 지켜야 할 두 가지 규칙이 있다. 첫 번째는 신성불가침의 절대 진리는 없다는 것이다. 모든 가정은 철저하게 검증되어야 한다. 권위에 근거한 주장은 설 자리가 없다. 두 번째는 사실과 일치하지 않는 주장은 버리거나 사실에 맞게 수정되어야 한다. 가짜 뉴스가 선거판을 뒤흔들고 사소한 판단 착오가 회사를 무너뜨릴 수 있다.

객관적 사실의 확인과 논리적 사고를 위한 과학의 중

요성은 아무리 강조해도 지나치지 않다. 일상생활에서 익숙한 생각, 습관적 행동은 오늘과 같은 내일을 만든다. 그러나 보잘것없고 사소해 보이는 생각과 행동의 변화, '왜'라는 질문 하나로 인생이 달라지기도 한다. 그 작은 차이가 전체를 뒤흔들 수 있다.

왝 더 독은 무모한 도전과 열정으로 나타나기도 한다. 경차에 1억 원어치 카 오디오를 설치하고, 취미생활을 위해 직업을 바꾸고, 여행을 가기 위해 퇴사하는 사람들의 행동은 무모해 보인다. 하지만 취미로 시작한 일로 직업을 바꾸고 창업을 한 성공 스토리는 이제 낯설지 않다. 어느 쪽이든 쉼 없이 생각하고 고민하고 의심하고 질문하는 사람에게 꼬리를 쥐고 흔들 기회가 주어진다. '왝 더 독'은 우연이나 행운이 아니라 변화를 추동하는 용기다.

기존의 질서와 전통을 거부한 초현실주의, 창조적 상상력을 발휘한 다양한 신기술, 재미와 놀이로 시작한 애플리케이션이 시장을 흔들고 사회 변화를 주도한다. 개인의 행복과 공동체의 발전은 정해진 규칙, 기존의 질서 유지로 가능하지 않다. 더 나은 세상을 위한 노력과 더 즐거운 내일을 위해 우리는 매일 신나게 놀아야 한다. 놀이 자체가 목적일 때, 놀이 정신은 행복한 영감의 원천으로 왝 더 독에 닿아 있다. 목적 없이 즐기는 과정에서 새로운 아이디어가 만들어지고 두근거림과 재미를 찾을 수 있다. 왝 더 독은 특정한 시기에 발생한 현상이나 철 지난 유행이 아니라 우리 안에 잠재된 욕망이다. 언제든 판을 갈아엎을 수 있는 용기는 전체를 뒤바꿀 만한 작은 아이디어에서 나온다. 몸통은 무겁고 느리며 변하기 어렵지만, 꼬리는 가볍고 빠르며 운신의 폭이 넓다. 지금, 꼬리라고 억울해하고 서러워 말자. 영원한 꼬리도 영원한 몸통도 없다. 타인과의 관계도, 세상을 보는 눈도, 자기 삶의 변화도 지금부터다.

# 이기적이지 않은 문화 유전자

| 밈 | Meme |
|---|---|

가수 싸이가 부른 노래 〈강남 스타일〉은 52일 만에 조회 수 1억 뷰를 기록하며 전 세계를 놀라게 했다. 이렇게 짧은 기간에 지구인이 다 같이 말춤을 출 거라고 예상한 사람은 아무도 없었다. 대한민국이, 강남이 어딘지도 모르는 사람들도 지구 곳곳에서 발을 구르고 '오빠 강남 스타일~'을 외쳤다. 2012년의 일이니 벌써 10년이 훌쩍 넘은 일이지만 새로운 시대를 예감하는 사건으로 기억한다. 이렇게 가볍고 재밌는 놀이가 지구촌으로 번져나가는 데 결정적 역할을 한 건 유튜브다.

이제 우리는 틱톡, 릴스, 쇼츠도 길게 느껴지는 시대를 살며 예민한 트렌드 세터로 거듭나고 있다. 온라인의 장난이 오프라인으로 번지고 하나의 문화로 정착하는 순환 주기가 아주 짧아졌다. 그만큼 지속시간도 길지 않다. 마치 파도처럼 밀려왔다가 사라지고 또 새로운 유행이 빠르게 지나간다. 이런 현상은 단순한 유행이나 놀이에 그치지 않고 엄청난 부가가치를 창출한다. 의미 없이 주고받는 시시한 장난이 온라인을 넘어 오프라인으로 번지는 문화 현상이 우리가 경험하는 '밈meme'이다.

## ∞ 탈텍스트 시대의 문화적 유전자

매스미디어의 인기 연예인들은 수백만 팔로워를 거느린 유튜버와 셀럽들에게 그 주도권을 내줄 위기에 처했다. 전통 매스미디어는 SNS와 유튜브를 기웃거리며 기삿거리를 찾는 처지다. 정치인의 페이스북을 들락거리고 연예인과 셀럽의 인스타그램을 뒤적이기 바쁘다. 이런 역전 현상이 어제, 오늘 이야기는 아니다. 다만 우리가 주목할 지점은 사회적 현상으로서 밈의 역할과 의미다. 인터넷을 통해 창작, 소비되는 밈은 단순한 문화 현상이 아니라 일상을 지배하고 새로운 욕망을 창조하는 역할을 한다. DNA에 새겨질 수 없는 일시적 밈의 생성과 소멸이 우리에게 미치는 영향이 적지 않기 때문이다.

1976년, 리처드 도킨스는 《이기적 유전자》에서 모방을 뜻하는 그리스어 '미메시스mimesis'와 유전자를 뜻하는 '진gene'를 합성한 단어 '밈'을 처음 제안했다. 이 낯선 개념은 사상, 종교, 이념, 관습 등 인간의 삶을 규정하는 다양한 문화적 요소들이 유전자처럼 자기 복제를 한다는 주장이다. 일종의 문화 유전자는 뇌와 뇌 사이에서 전파된다는 이야기다. 예를 들어 촛불 혁명은 누군가에게는 숭고한 의미가 있고 누군가에게는 돌이킬 수 없는 비극으로 남았다. 즉 하나의 사건과 관련된 이야기가 여러 형태의 가치로 존재하는 것이다. 그 각각의 이야기는 밈으로 작동하며 유동적이고 복합적이다. 영상매체는 이것을 하나로 통합하며 개인적 경험과 기억에 일관성을 부여한다.

2018년 2월, 〈뉴욕 타임스〉 특집 기사 '탈텍스트 미래에 오신 것을 환영합니다welcome to the post-text future'가 많은 사람의 이목을 끌었다. "우리가 온라인에서 경험하는 시간에 영향을 미치는 가장 중요한 변화는 텍스트의 쇠퇴와 오디오, 비디오의 파급 및 영향력의 폭발적 증가에 있다."라고 선언했기 때문이다. 문자 매체가 조만간 사라질 일은 없겠지만, 적어도 온라인에서만큼은 오디오와 비디오에 주도적인 자리를 내줄 것이라는 예측이다.

문화 유전자 밈은 사회적 관계에도 극적인 변화를 불러왔다. 아니 그 변화가 밈이 되어 전파되는지도 모르겠다. 연인이 만나고 헤어지는 과정, 친구가 되고 교류하는 방법에도 커다란 변화가 생겼다. 신중하고 깊은 유대감이 전통적인 방식이라면 조금 가볍고 일시적인 관계를 편하게 여기는 사람들이 많아졌다. 시간과 공간의 제약이 줄어 폭넓은 관계 형성을 이끌었으나 놀이 문화, 데이트 코스, 여행 정보 등의 공유로 비슷한 유형의 관계가 형성되었다. 이제 직장인들이 애환을 나누고 대학생들이 익명 게시판으로 소통하는 과정이 즉흥적이고 일시적으로 이뤄진다. 틱톡, 쇼츠, 릴스 등 짧은 영상매체는 텍스트와 다른 방식으로 공감을 유발하고 유행을 만든다.

## ∞ 행복한 나, 더 나은 세상을 위한 밈

자연선택으로 살아남은 DNA 정보는 생존을 위해 어제보다 나은 생명체로 진화한다. 리처드 도킨스는 결국 모든 인간은 번식을 위한 생존 기계에 불과하다는 비참한(?) 결론을 견디지 못한 게 아닐까 싶다. 생물학적 원리만이 삶의 방식을 결정하는 게 아니라 새로운 형태의 밈과 문화 선택이 인간 세계를 지배한다고 본 것이다.

단순한 생물학적 유전 정보를 넘어 현대사회의 폭발적인 정보량과 빠른 전파 속도가 인류의 진화를 가속한다. 소비 트렌드, SNS에서 통용되는 약어와 속어, 상황에 맞는 각종 '짤'에는 일종의 방향성이 있고 행동을 촉구하는 내용이 담겨있다. 밈의 누적은 단순한 유행을 넘어 하나의 문화 현상으로 전파되어 생물학적 유전자의 특성보다 강하게 나타나기도 한다.

인간을 인간답게 하는 건 DNA에 새겨진 운명이 아니라 창조적 밈이다. 이기적 유전자에 저항하는 힘이 바로 밈이 아닌가. 생물학적 필연을 넘어 문화적 유전자인 밈이 퍼지는 현상은 놀랍고 아름답기까지 하다. 우리는 유전자 기계로써 조립되었지만, 밈으로 교화된 존재이다. 지구에서 유일하게 인간만이 이기적인 자기 복제자들의 전제에 반항할 수 있다. 다른 동물과 달리 유전자의 본능을 극복하고 새로운 문화를 창조하며 문명을 이루는 과정이 놀랍기만 하다. 이제 인터넷 밈은 현생 인류가 공유하는 새로운 후천적 유전자가 아닌가 싶다.

밈은 어떤 문화권 내에서 사람과 사람 사이에 퍼지는 생각, 행위, 또는 스타일이라는 함의를 갖기 때문에 원대하고 훌륭한 밈일수록 지속해서 복제되며 널리 퍼져나간다. 공동체가 지향하는 가치, 즉 자유와 평화를 존중하는 문화, 어떤 차별도 없는 태도, 다 함께 잘 살려는 의식 등이 유전된다는 상상은 얼마나 행복한가. 인간의 의지와 노력, 창조적 상상력이 다음 세대에 전해지고 그것이 생존에 유리한 본능이 된다면 우리는 좀 더 행복해지지 않을까. 인권, 차별, 나눔, 환경, 평등, 정의, 평화와 관련된 밈도 기대가 된다. 네트워크 시대의 밈은 실시간으로 시공을 뛰어넘을 준비가 되어 있다. 더 나은 세상을 위한 노력은 나의 행복을 위한 전제 조건이다.

## ∞ 시대정신으로서의 밈을 만들고 전파하려면

가격이 올라도 자신의 사회적 지위를 드러내기 위해 수요가 줄지 않는 현상을 '베블런 효과'라고 한다. 현대인의 소비와 욕망을 간파한 경세학자 소스타인 베블런이 《유한

계급론》에서 비싼 물건일수록 높은 지위나 특별함을 연상시킨다는 이 과시적 소비 효과를 설명했다. 그런데 문제는 밈이 명품 백과 수퍼 카 등에 대한 욕망과 소비 계층의 저변을 확대시킨다는 점이다. 자기 소득과 생활 수준에 맞지 않는 일부 상류층의 문화를 모든 사람이 선망한다면 어떻게 될까? 우리가 사는 시대의 문화는 접속하는 매체와 정보에 따라 빠른 속도로 변한다. 신상품과 소비 유행이 문화적 유전자인 밈의 핵심일 수는 없다. 각자 자기 삶에서 느끼는 소소한 즐거움과 행복을 공유하며 주체적으로 더 나은 세상을 위한 밈을 만들어 가야 할 이유가 여기에 있다. 이기적 욕망에서 비롯된 배타적 태도가 아니라 손에 손잡고 어울려 누구든 환대할 수 있는 열린 마음이야말로 가장 중요한 밈의 요소다.

우리가 사는 인터넷 시대의 밈은 무엇일까. '웃음'과 '재미'를 빼놓고 생각하기 어렵다. 스치고 지나는 밈들의 결합이 바로 시대정신이다. 어디를 향해 어떤 사람들이 모이는지 살펴보자. 그것이 지향하는 목적지는 어디인가. 하루하루 최선을 다해 생활하는 사람에겐 먼 미래가 잘 보이지 않는다. 단기적인 목표와 현실적인 가치가 우선이다. 무겁고 심각한 이야기는 외면하기 쉽다. 그러나 가끔은 고개를 들고 구름의 모양과 흘러가는 방향을 살펴야 내일의 날씨를 가늠할 수 있다. 개인적인 모든 문제는 우리 사회가 지향하는 방향과 닿아 있다. 일시적이고 즉흥적인 일상적인 웃음과 재미는 놓칠 수 없는 즐거움이지만 가끔은 우리 사회와 미래를 살피는 안목도 필요하다.

사람이 사는 이유는 제각각이다. 하지만 목적과 방법이 달라도 우리는 세상을 떠나 살 수 없다. 따로 또 같이 살아야 하는 이웃을 향한 관심은 선택이 아니라 필수다. 갈등과 혐오, 불평등과 불공정을 막을 수 있는 밈을 만들고 전파하는 사람이 미래의 리더이자 자기 삶의 주인이다. 나의 고민뿐만 아니라 우리 모두의 문제를 담은 밈들이 더 많이 유행하는 사회를 꿈꾼다. 행복 바이러스를 전파하고 가슴 두근거리는 밈을 창조하는 사람에게 더 좋은 삶이 주어지는 건 당연하지 않은가.

속도

서로 다른 삶의 조건을 무시한
위기 극복의 노하우는 소용없다.
개별적 존재의 특성을 무시한
자기 계발 비법도 의미 없다.
자신이 통제할 수 없는
힘과 속도는 위험하다.
때로는 자기만의 페이스대로,
때로는 주변 사람들의 속도에 맞춰
'걷는 사람'이 행복하다.

# 따로 또 같이 쌓이는 블록처럼

| 휘게 라이프 | Hygge life |
|---|---|
| ○ | ○ |

"소스케, 너 올해 몇이나 됐냐?"

"예순여섯."

어머니는 감탄하듯이 말했다.

"예순여섯? 아이고 한창때로구나. 마음만 먹으면 무슨 일이
든지 다 할 수 있는 나이로세."

소설 《끝난 사람》의 주인공 다시로 소스케는 쉰한 살
의 나이에 정년퇴직한다.

"나는 '평화롭고 즐거운 여생'을 즐길 수 없는 타입이다. 그
리고 무엇보다 그 '여생'이라는 말이 마음에 안 든다. 산 사

람에게 어찌 '남은 인생'이 있을 수 있나. 여든이든 아흔이든 혹은 병이 들었든 살아 있는 한 그냥 '인생'이지 '남은 인생'이라고 해서는 안 된다."

하던 일을 그만둔다고 해서 이후의 인생이 끝나는 건 아니다. 정년이 몇 살이든 죽음을 맞는 순간까지 한 인간에게 주어진 모든 시간은 균질하게 흐른다.

## ∞ 나와 너에게 남은 시간은 많지 않다

자본주의 관점에서 시간의 효율성과 생산성을 따지는 게 익숙할 수는 있으나 사무실에서 일하는 직장인도, 흙장난하는 놀이터의 어린아이도, 봄 햇살을 즐기는 경로당의 어르신도 각자의 시간은 누구와도 바꿀 수 없는 찬란한 인생의 한순간이다. 때로는 무료하고 권태롭게, 때로는 바쁘고 치열하게 지나가는 모든 순간이 어떻게 흘러 내게 어떤 무늬를 남기는지 모르겠다.

시간이 거꾸로 흐를 수는 없으나 각자의 인생 시계가 보여주는 속도는 다르지 않을까 싶다. 다시는 돌아갈 수 없어 소중하다는 걸 알아도 때때로 현재와 미래는 감당하기 어렵다. 갱년기 우울증으로 힘들어하던 중년 여성이 첫 동네 등산 모임에서 칠순이 넘은 할머니 한 분에게 "한창 좋을 때다."라는 탄식을 듣고 정신이 번쩍 났다는 이야기를 들은 적이 있다. 지나버린 시간을 아쉬워하는 대신 남은 인생에 최선을 다하라는 뻔한 이야기가 아니다. 불가역적인 시간은 지극히 주관적 개념에 불과하다. 물리적이고 객관적인 시간 사용 계획보다 내 삶의 속도와 리듬이 중요하다. 바로 지금, 이 순간부터 나에게 주어진 시간이 얼마인지 아는 사람은 없지 않은가.

보건복지부가 'OECD 보건 통계 2023'을 분석한 결과 한국인의 평균 기대 수명은 83.6년(2021년 기준)으로 OECD 국가 평균(80.3년)보다 3.3년이나 길며, 기대 수명이 가장 긴 일본(84.5년)과도 차이가 0.9년에 불과했다. 하지만 건강 수명은 73.1(2019년 기준)년이다. 이후의 삶은 각종 질병과의 싸움이니 얼마나 오래 사느냐와 어떻게 오래 사느냐는 전혀 다른 문제다.

## ∞ 인생의 기쁨과 슬픔을 가르는 삶의 중심 잡기

항구로 들어오는 거대한 화물선 한 척을 상상해 보자. 웅장하고 아름다운 유선형의 배가 만들어지는 과정, 그 배를 타고 바다를 누비는 사람들의 노고가 전해지는 듯하다. 알랭 드 보통은 이 장면에서 영감을 얻어 '일의 기쁨과 슬픔'에 대해 이야기한 적이 있다. 다양한 직군의 사람들을 장시간 인터뷰하고 관찰한 이야기 속에 날카로운 분석과 특유의 감상이 녹아 있다. '일'하는 사람들의 애환과 보람을 따라가는 작가는 우리 삶에서 '일'은 생존 이상의 의미와 가치를 갖는다는 사실을 확인한다. 일의 기쁨과 슬픔을 통해 자신을 보듬고 타인과의 관계를 살펴보는 것이다. 함께 일하는 동료와의 관계, 노동의 수고로움과 보람 등은 그 자체로 우리의 삶이다. 사람마다 삶의 시간이 다른 속도로 흐르는 이유도 일과 무관하지 않다. 누구와 함께 어떤 일을 하며 무엇을 위해 하루를 견디는지에 따라 삶의 만족도가 달라진다. 그렇다면 평균 기대 수명보다 중요한 나의 '기대 행복 지수'는 얼마인지 가늠해 보자.

시대와 지역에 따라 다양한 삶의 형태가 유행처럼 번졌다가 사라지기도 한다. 그러나 인간의 삶에서 본질적으로 무엇이 중요한지에 대한 성찰은 변하지 않는다. 남들에게 뭔가 대단한 걸 보여주고 싶거나 SNS에 자기 삶을 드러내려는 강박은 자기 삶을 공유하며 소소한 행복을 나누려는 마음과 어떻게 다를까?

소박하고 단순한 삶의 기준이 사람마다 다를 수 있다. 자기 삶의 시간을 어떻게 보내고 있는지, 어디에 집중하며 사는지 돌아보자. 대개 인생의 기쁨과 슬픔은 치열한 경쟁으로 얻은 성공과 화려함보다 느긋한 여유와 소박한 일상에서 결정된다. 덴마크에서 시작된 '휘게 라이프hygge life'는 화려하고 사치스러운 것들과의 결별을 의미한다. 물질적 욕망은 끝이 없고, 화려하고 사치스러운 삶은 공허를 부른다. 많이 소유하지 않으면 실제로 삶의 질이 개선된다.

## ∞ 혼자 행복한 인생은 없다

"물건으로 과시하는 건 자신의 가치를 떨어뜨리는 행위일 뿐입니다."라는 말은 가난한 자의 변명에 불과할까. 부동산과 주식뿐만 아니라 가상화폐까지 미래에 투자하지 않는 사람이 없지만 '가난'의 기준은 각자 다르다. 비교를 통해 상대적 가난을 느끼는 부자도 있고, 정신적 풍요로움으로 만족한 삶을 누리는 빈자도 있다.

소유가 행복이라고 믿는 사회는 가난하다. 광고에 휘둘리는 사회는 가난하다. 경쟁의 악순환이 계속되도록 내버려 두는 사회는 가난하다. 단순하게 사는 자유를 누리지 못하는 사회는 가난하다. 모든 것에 가격표를 붙이고 심지어 고결한 행동까지 값으로 따지는 사회는 가난하다 못해 천박하다. 요컨대 돈이 없는 것만 가난이 아니다. 도미니크 로로는 《심플하게 산다》에서 진짜 가난은 "인간적 가치, 정신적 가치, 지적 가치가 부족한 것"이라고 힘주어 말했다.

자기 삶에 대한 계획, 즉 라이프 스타일에 대한 깊은 고민을 통해 누구나 '멋진 인생'을 살 수 있다. 그러려면 우선 행복한 삶이 무엇인지, 어떻게 살 것인지에 대한 자기만의 철학을 스스로 만들어야 한다. 세상을 보는 안목이 자기 삶의 관점을 형성한다. 누구를 만나고 무엇을 먹고 어디에 가는지 돌아보면 지금, 여기 나의 삶이 보일 것이다.

소박하고 편안한 일상의 행복을 지향하는 휘게 라이프는 친구, 가족과 보내는 편안하고 기분 좋은 시간이 상상된다. 행복 지수 1위를 좀체 놓치지 않는 덴마크 사람들의 특별한 라이프 스타일이다. 사회식 성공, 부와 명예도 중요하지만 사소한 일상의 행복이 우선이다. 우리는 대부분의 '시간'을 어디에 어떻게 쓰고 있는가.

휘게 라이프는 이기적인 욕망과 철저한 개인주의와 거리가 멀다. 강대국 사이에서 생존을 위협받고 국토를 빼앗긴 덴마크가 살아남은 방법은 지극히 '상식'적인 발상의 전환이었다. 자유와 평등의 가치를 내세우지만 더불어 '함께'가 개인의 행복을 극대화한다는 생각이다.

세계적인 조립식 블록 장난감 '레고LEGO'는 덴마크어 'Leg Godt'에서 나왔다. 해석하면 '즐겁게 놀자!play well'라는 의미다. 단 한 조각의 블록은 그 자체로는 아무것도 아니다. 하지만 다른 블록과 만나면 무한한 가능성을 품는다. 놀이에 가까운 삶. 레고에는 혼자서 이룰 수 없는 조화와 균형의 행복, 함께 하면 즐거움이 배가 된다는 비밀이 숨어 있다.

웰빙well-being과 워라밸, 심플 라이프simple life와 미니멀리즘minimalism 너머 '휘게 라이프'까지 전 세계에서 수입되는 삶의 태도와 가치가 유행처럼 스친다. 수많은 라이프 스타일 속에 숨어 있는 공통점은 '함께'라는 사실이다. 개인의 행복은 사회라는 거대란 울타리 안에서만 가능하다. 혼자 행복한 사람은 없다. 휘게 라이프도 가족, 친구,

연인과 보내는 '시간'의 소중함을 강조한다.

우리는 안락함과 편안함, 즐거움과 행복이 사랑하는 사람들과 함께 보낸 시간이라는 사실을 잊고 살아간다. 나름의 그럴듯한 이유로 포장하지만 인생의 가치와 행복의 비밀은 치열한 경쟁과 지독한 노력 끝에 일을 수 있는 결과가 아니다. 휘게 라이프는 삶의 가치를 점검할 때 찾아오는 여유이며 목적지를 바꿔야 얻을 수 있는 행복이다. 가족, 연인, 친구, 동료, 이웃과 함께 보낸 즐거운 시간은 생산성이나 효율성의 잣대로 측정할 수 없다. 사람은 저마다 다른 속도로 살아간다. 그러나 누구라도 행복한 시간이 길고 느리게 흘렀으면 하는 마음은 다르지 않을 것이다.

# 불안은 희망을 기다린다

| 다모클레스 | Damocles |
|---|---|

인간은 어느 날 갑자기 살아 있는 게임을 이유 없이 그만두어야 한다는 것을 깨닫는다. 욕망이 너의 눈을 가려 삶을 이끌었다면, 인생은 생각보다 허망하고 덧없는 '꿈'이었음을 탄식하리라.

알베르토 자코메티 전시회에 갔다가 그의 대표작 〈걷는 사람〉을 보기도 전에 벽면에 쓰인 글귀 앞에서 한참을 머물렀다. 갑자기 정전될 수도 있다는 사실을 염두에 두고 컴퓨터 게임을 하는 사람은 거의 없다. 마찬가지로 인간은 패배하고 좌절해도 다시 도전하며 인생이라는 게임을 계속한다. 채울수록 욕심나고 비우면 허전한 게 인간의 간사한 마음이다. 그러나 영원할 듯한 삶도 언젠가는 끝난다. 채우지 못한 욕망도 서서히 사그라지는 순간이 온다. 인생이 허망하고 덧없게 느껴지는 건 삶이 유한해서가 아니라 자기 욕망의 본질을 들여다보지 않고 앞만 보고 달리기 때문이다.

자본주의 사회에서 만들어진 욕망, 사회화 과정에서 길들인 욕망, 계급과 지위에 요구되는 욕망은 자기 내면으로부터 발현되는 욕망과 다를 수 있다. 자신과 대면해 본 적이 없는 사람은 타인을 통해 자신을 바라보고 주변 사람에 비친 자기 모습을 바라볼 뿐이다. 자기 자신을 외면하며 사는 사람에게 자코메티의 말은 공허하다. 게임을 그만둘 생각도 없고 인생의 목적과 방향이 단순하기 때문이다.

그러나 자코메티는 "어디로 가야 하는지, 그리고 그 끝이 어딘지 알 수는 없지만, 그러나 나는 걷는다. 그렇다. 나는 걸어야만 한다."라며 인생에는 의미도 목적도 없는 것이 아니냐고 묻는다. 숭고한 인간이든, 고독한 인간이든 모두 걷는다. 종착역도 모르고 이정표도 없이 걸어야 하는 행위 자체가 삶의 알레고리다. 철학자 사르트르의 실존주의를 조각으로 실현했다고 평가받는 자코메티의 〈걷는 사람〉은 여전히 자기만의 길을 걷는 듯하다.

## ∞ 유머, 불안을 극복하는 힘

영화 〈이레셔널 맨〉은 주인공 호아킨 피닉스를 통해 '불안은 자유의 현기증'이라고 그 의미를 전달한다. 현대인은 과거와 달리 자유롭게 자기 삶을 꾸려나간다. 이 과정에서 느끼는 불안은 자유의지와 선택을 위한 현기증 정도의 증상일 것이다. 말하자면 우리가 느끼는 불안은 자유를 누리는 대가로 치르는 세금 같은 것이다. 키에르케고르의 말을 인용한 이 대사가 영화를 보는 내내 어지럽게 머릿속에 맴돌았다.

비루한 현실의 이면을 들여다본 자들에게 가해지는 형벌은 지독한 삶에 대한 염증이다. 평화로워 보이는 세상은 언제나 투쟁의 연속이다. 인간의 욕망은 멈추지 않고 증식되며 채워도 끝이 없다. 치열한 생존 경쟁, 승자독식의 신자유주의, 가족 이기주의…. 이러한 삶은 때때로 찾아오는 위기를 극복하며 또다시 최선을 다해 미래를 준비하게 하지만 그 이면에는 불안에 대한 공포가 내재하고 있는 건 아닌지 모르겠다. 산책을 즐기는 여유, 유머 없는 인생은 허망하다. 웃고 즐길 수 없다면 어떤 노력과 성공도 무의미해 보인다.

유머는 상당 부분 위반 내지는 일탈의 문제다. 서로 다른 현상들의 경계가 흐릿해져 엄격한 구분을 누그러뜨릴 수 있고, 이렇게 해서 아끼게 된 에너지는 웃음의 형태로 방출된다. 반어법, 점강법, 말장난, 언어유희, 중의성, 부조화, 일탈, 블랙 유머, 오해, 우상 파괴, 그로테스크한 것, 부적절함, 이중화, 부조리, 난센스, 실수, 낯설게 하기, 갑작스러운 변화, 가정법 역시 마찬가지라고 할 수 있다. 하지만 현실에서 위반과 일탈은 실패의 지름길이다. 한 치의 실수도 용납하지 않는다.

실패하여 넘어지는 게 문제가 아니라 일어나지 못하는 게 문제라는 지적질은 넣어 두시라. 넘어진 채 누워있고 싶은 사람은 없다. 툭툭 털고 일어나 다시 걷고 뛸 때까지 곁을 지키며 기다려주는 사람이 없을 뿐이다. 후회 없이 최선을 다하고 쓰러질 수 있는 용기를 낼 수 있는 속도 조절이 필요하다. 경계를 넘는 창조적 상상력, 현실을 뒤집는 일탈과 유희 정신이 즐거운 인생을 만들고 활력 넘치는 세상을 만든다. 유머로 충만한 자신감과 당당함이 불안을 극복하는 힘이다.

하지만 우리 앞에 위태롭고 불안한 현실은 웃음과 거리가 멀다. 넘어지년 끝장이라는 불안을 잠재울 수 없다.

가난이 낮은 지위에 대한 물질적 형벌이라면 무시와 외면은 속물적인 세상의 중요한 상징을 갖추지 못한 사람들에게 내리는 감정적 형벌이다. 다행인 점은 가난한 사람을 무시하고 외면하는 현실은 바꿀 수 있다는 것이다. 그러려면 낮은 지위에서 벗어날 도움닫기를 마련하고 속물적 세상을 향한 인문학적 성찰을 요구해야 한다. 과연 개인의 노력과 열정만큼 잘 살 수 있는 세상인가. 청년에게 희망이, 노인을 위한 보살핌이 있는 사회인가.

에드거 앨런 포는 단편소설 〈타르 박사와 페더 교수의 광인 치료법〉에서 "젊은이, 자네는 아직 젊지 않은가. 이제는 다른 이들의 소문을 믿지 않고 자네 스스로 세상에서 일어나는 일들을 판단하는 것을 배우게 될 때가 된 것이네. 들은 것은 아무것도 믿지 말고 눈으로 보는 것은 절반만 믿게."라고 충고한다. 청춘은 저항과 비판 정신이다. 기존 질서를 허물고 새로운 세상을 창조하려는 꿈, 기성세대의 목소리를 수동적으로 받아들이지 않는 태도, 의심하고 질문하며 끊임없이 도전하는 과정의 두근거림을 즐길 수 있다면 반짝이는 보석을 쥐고 있는 것과 다름 없다.

## ∞ 말총에 매달린 칼 아래 놓인 것처럼

다모클레스damocles는 기원전 4세기 전반 시칠리아 시라쿠사의 참주인 디오니시오스 2세의 측근이었던 인물이다. 어느 날 디오니시오스는 다모클레스를 호화로운 연회에 초대하여 한 올의 말총에 매달린 칼 아래에 앉혔다. 참주의 권좌가 '언제 떨어져 내릴지 모르는 칼 밑에 있는 것처럼 항상 위기와 불안 속에 유지되고 있다'는 것을 가르쳐주기 위해서였다. 이 일화는 로마의 명연설가 키케로에 의해 인용되어 유명해졌고, 위기일발의 상황을 강조할 때 '다모클레스의 칼'이라는 말을 속담처럼 사용하기 시작했다. 실제로 다모클레스는 평소 디오니시오스에게 아첨의 말을 자주 했다고 한다. 참주의 권력과 부귀영화를 보며 부러웠을 것이고 행복해 보이는 그의 삶을 질투했을지도 모른다. 디오니시오스는 바로 그 세속적인 행복이 한 올 말총에 매달린 칼 아래 놓인 것처럼 불안하고 위태로운 것이라는 사실을 알려주고 싶었을 것이다. 그럼에도 여전히 사람들은 날개가 타들어 가 죽는 줄도 모르고 덤비는 부나방처럼 권력과 부를 향해 달려든다. '왜'라는 질문 없이 '무엇'을 위해서인지 고민하시 않은 채 오로지 '어떻게'를 배우기 위해 혈안이 돼 있는 현실적 욕망은 위기를 초래하고 더 큰 불안을 조성한다.


## ∞ 불안을 희망과 기다림으로 바꾸는 지혜

돌아보면 언제나 위기의 시대였다. 현재를 사는 사람이 과거를 성찰하지 않으면 미래는 오로지 두려움이다. 어느 시대, 어떤 사람도 불안하지 않은 적이 없다. 모든 순간이 위태롭고 매일이 조심스럽다. 그래도 사람들은 불안을 희망과 기다림으로 바꾸는 지혜를 발휘한다. 다모클레스처럼 디오니시오스를 부러워 말고 자기 안에 있을 행복과 여유를 찾아야 한다. 서로 다른 삶의 조건을 무시한 위기 극복의 노하우는 소용없다. 개별적 존재의 특성을 무시한 자기 계발 비법도 의미 없다. 자신이 통제할 수 없는 힘과 속도는 위험하다. 그 누구도 아닌 자기만의 속도와 스타일을 추구하며 '오버 페이스over pace'를 조심해야 한다. 때로는 자기만의 페이스대로, 때로는 주변 사람들의 속도에 맞춰 '걷는 사람'이 행복하다.

알베르 카뮈는 《페스트》를 통해 "나는 반항한다, 고로 우리가 존재한다. Je me révolte, donc nous sommes. "라고 했다. 우울한 감염병 시대를 건너며 사람들은 서로 관계 맺는 방법과 사람을 대하는 태도가 바뀌었다. 타인과 이웃을 바라보는 시선과 마음도 달라졌다. 소설에서 카뮈는 냉정하고 차가운 시선으로 오늘의 현실을 예언하는 듯하다. 적자생존, 약육강식은 생태계의 순환 질서이자 위기의 시대인 현대사회와 잘 어울린다. 그러나 인간을 인간답게 하는 환대와 나눔과 배려가 오히려 생존 가능성을 높인다. 따로 또 더불어 살아야 한다는 생각이 전제되지 않으면 야만의 시대와 무엇이 다를까.

이 세상의 악이란 대부분 무지에서 비롯되며, 따라서 배움이 없는 선의는 악의와 마찬가지로 피해를 주는 경우가 있다. 인간이란 악하기보다는 차라리 선하지만, 사실 그것은 중요한 문제가 아니다. 한데, 정도의 차이는 있지만 인간은 덜 무지하거나 더 무지하다. 따라서 우리가 미덕 또는 악덕이라 부르는 것도 바로 그래서이며, 가장 절망적인 악덕이란 전부 다 알고 있다고 믿고 그런 이유로 감히 다른 사람을 죽일 수도 있다고 생각하는 무지라는 악덕이다. 살인자의 영혼은 냉혹하며 가능한 최대의 혜안이 없다면 참된 선도 아름다운 사랑도 없는 법이다.


카뮈가 분석한 대로 인간의 무지는 악이며, 배움 없는 선의도 해롭다. 우리가 위기의 시대를 살아가는 방법은 무지와 절망이 아니다. 혜안을 가진 인간으로 어두운 밤을 견디고 악덕의 다리를 건너야 한다. 다모클레스의 불안한 칼날 아래서 미소 지으며 행복을 꿈꾸는 사람은 없다. 자기 삶의 주인으로 거듭나기 위해 현기증이 나더라도 우선 무지라는 악덕에서 벗어나려 애써야 한다.

모든 순간이 위태롭고 매일이 조심스럽다.
그래도 사람들은 불안을 희망과 기다림으로
바꾸는 지혜를 발휘한다.

ⓒ 박관홍

# 그만하면 됐다는 말의 온도

**굿잡**
○

|

○
**Good Job**

---

"영어로 된 제일 몹쓸 말이 뭔 줄 알아? 바로 '굿잡good job
(그만하면 됐어)'이야. 이 말 때문에 오늘날 재즈가 죽어가고
있는 거야."

영화 〈위플래시〉에서 지휘자 플레처 교수는 신입생
앤드류에게 이렇게 말한다. 최고의 지휘자이자 최악의 폭
군인 이 선생의 가르침은 일방적이며 독선적이다. 한계에
다다를 때까지 몰아붙이고 마지막 한 방울의 가능성까지
짜내는 지독한 냉혈한. 뉴욕의 명문대 셰이퍼 음악학교에
서 최고의 스튜디오 밴드에 들어간 앤드류는 운명처럼 플
레처를 만난다. 플레처와 앤드류는 음악에 대한 열정과 몰

입으로 관객들을 숨죽이게 한다.


## ∞ 우직한 바보들에게 보내는 위로

성취욕이 강한 사람들에게 드러나는 감정은 복잡하다. 자기 자신에 대한 믿음과 목표를 향한 집념은 두근거리는 삶의 기쁨이자 희망인 반면, 실패로 인한 좌절과 상실감은 자신의 영혼을 파괴한다. 투자 수익이 잠재적 위험성에 비례하듯 앤드류의 성공 가능성은 오로지 최고 드러머가 되려는 열망과 지독한 연습에 비례한다. 재능과 노력의 한계를 느껴본 사람들은 포기할 수 없는 희망이 얼마나큰 심리적 폭력과 분노로 뒤바뀌는지 안다.

대개의 사람들은 합리적 결론보다 부조리하지만 자기 생각과 부합하는 쪽을 선택한다. 월드컵에서 붉은악마의 대한민국 응원, 이동권 보장을 위한 장애인들의 지하철 점거 농성, 세 자녀를 명문대에 보낸 어머니의 양육법 강의, 범인으로 의심되는 사람의 말과 행동, 사랑하는 연인과 이별한 친구의 눈물. 이런 것들을 이성적으로 판단하고 논리적으로 분석하는 사람은 없다. 인간의 심리적 오류와 인지적 편향은 자연스러운 본능에 가깝다. 다만 그 사실을 인정하지 못하는 태도가 문제다.

플레처가 원하는 음악은 무엇인지, 앤드류에게 음악이 어떤 의미인지, 숨죽인 관객들은 극한의 상황을 초인적인 노력으로 극복하는 연습 장면에서 카타르시스를 느낀다. 대리만족일 수도 있고 엄두가 나지 않는 인간의 노력과 열정에 대한 감탄일 수도 있다. 플레처 같은 냉혈한을 만나고 싶은 사람은 없다. 하지만 앤드류처럼 자신을 극복하고 성공하려는 욕망은 우리 안에 가득하다. 살다 보면, 작은 성공은 나의 피땀 어린 노력 때문이지만 실패와 좌절은 남의 탓이라고 합리화하기도 한다. 인생은 불공평하고 세상은 부조리하다는 사실을 잘 알지만 억울함은 마음 한 구석에 똬리를 튼다. 그리고 그만하면 됐다고 자신을 위로하고 내일을 기다린다.

한국 사회의 무기력은 그저 아무것도 하지 않는 무기력이 아니라 세상의 변화 가능성에 대한 근본적인 불신에 기인한 '과격한 무기력'이다. 방탕과 타락 그리고 미래에 대한 기대 없이 하루하루를 소비하는 무기력이다. 평범한 사람들을 무기력에 빠뜨리는 정치와 경제 체제는 파편화된 개인을 냉소주의에 빠지게 한다. 대학 서열을 받아들이고 보이지 않는 사회 계층을 내면화한 사람들은 마음에 빗장을 지른다. 이렇게 단단한 돌처럼 굳은 마음은 공감도 어렵다. 타인을 향한 차별과 혐오, 구별 짓기를 당연한 것으로 받아들인다. '그만하면 됐어'라는 말은 때때로 자신을 향한 따뜻한 위로와 합리화로 기능하지만, 타인을 향할 때는 차가운 냉소와 무시로 작동한다.

불합리한 제도를 바꾸려고 시간과 노력을 들이는 사람, 손해인 줄 알면서도 주변과 이웃을 위해 퍼주는 사람, 자기를 희생하며 타인의 생명을 구한 사람은 우직한 바보다. 신영복은 우직한 바보들이 세상을 바꾼다고 말한 적이 있다. 영악한 세상 사람들은 바보처럼 사는 사람들을 이해하지 못한다. 오로지 자기 노력과 실력만으로 성공할 수 있다고 착각하며, 실패한 사람을 무능하고 게으르다고 비난한다. 영화의 주인공인 앤드류가 자기 삶의 기준이 분명했다면 상처받지 않았을지도 모른다. 그랬다면 스스로 자신을 위로하며 우직한 바보들에게도 이제 충분하다는 위로를 건네지 않았을까.

## ∞ 저마다 노력의 설정값이 다르다

1940년대 LA 다저스를 정상으로 이끌었던 리오 듀로셔 감독은 이런 명언을 남겼다.

"사람 좋으면 꼴찌야."

플레처에 버금가는 독한 리더는 어디에나 있다. 리더에게 나를 맞출 것인가, 리더를 나에게 맞출 것인가. 마치 나를 세상에 맞출 것인지, 세상을 나에게 맞출 것인지와 비슷한 고민이다. 사람 좋다는 말에는 다양한 의미가 숨어 있다. 어디서든 무던하게 그림자처럼 가만히 있는 사람, 윗사람에 거스르지 않고 아랫사람에게도 강요하지 않는 사람, 언제나 무슨 일이든 이만하면 됐다고 말하는 긍정적인 사람. 이런 사람에 대한 당신의 평가는 어떤가. 리오 듀로셔의 말대로 이들은 꼴찌를 면치 못할까? 나의 성장을 이끌어 준 멘토, 자신의 가능성을 발견해 준 상사를 만나 승리와 성공을 맛본 사람은 행운아다. 자기 신념, 성정, 능력 이상의 무언가를 끌어냈기 때문이다.

연애, 학문, 기업, 예술 등 분야를 가리지 않고 일반화할 수 없는 성공담이 유령처럼 떠돈다. 내 욕망이 그들과 같은지 묻지 않고 나도 그렇게 살고 싶은지 고민하지 않는다. 매 순간에 우리가 겪는 갈등은 삶의 목적과 가치관에 대한 철학적 고민이 아니다. 대체로 일차적 욕망 충족에 가까운 본능이 그 기준이 된다. 욕망이 다르면 노력의 정도와 성공의 기준도 다르다. 사람마다 노력의 설정값도 다르다. 일등이 아니어도 만족스러운 과정을 즐긴 사람도 있고, 성적은 꼴찌여도 다른 데서 충분히 행복을 찾은 사람도 있다. 목적은 과정을 합리화할 수 없다. 결과는 그간의 과정과 노력을 설명할 수 없다.

누가 성공을 했고 누가 일등을 했는지 궁금하지 않을 수 없다. 다만 사람을 움직이는 건 '사실'이 아니라 '생각'이다. 성공한 인생, 행복한 삶은 '사실'이 아니다. 좋은 삶이 무엇인지에 대해 고민한 결과가 '생각'이다. 사람들은 자신이 사실이라고 믿는 생각을 갖고 행동한다. 행동을 끌어내기 위해 사실을 제시할 필요도 없다. 사실이라고 믿을 만한 근거만 제공하면 된다. 성적, 학벌, 직업, 재산이 그러하다. 땀 흘려 일한 만큼 잘 살고 싶은 자연스러운 욕망을 부정할 수는 없다. 다만 그 물질적 풍요로움의 기준과 좋은 삶, 성공한 인생에 대한 자기 기준과 정의가 필요하다.

## ∞ 공적 영역에 '굿잡'이 들어설 여지는 없다

개인적 삶과 달리 공적 영역은 조금 다른 이야기다. 민주주의는 서로 다른 생각들이 부딪치고 갈등하는 과정이 지속된다. 대화와 타협으로 절충하며 끊임없이 새로운 질서를 만든다. 그러니 '굿잡'이 들어설 자리가 없다. 자유와 평등, 공정과 상식도 시대에 따라 기준이 달라진다. 머물러 고이지 않고 계속해서 흐르는 물처럼 낮은 곳을 채우고 흘러넘쳐야 한다. 노자가 《도덕경》에서 말한 '상선약수上善若水'와 같은 이치다.

반복적이고 지속되는 이 구조와 질서에는 언제든 "그만하면 됐어."라고 말할 수 없다. 사람들은 변하고 세월은 흐르니 끊임없이 수정하고 변화를 시도해야 한다. 구조를 바꾸고 다시 세우기 위해 관습적인 사고에서 벗어나야 한다.

산다는 건 수많은 처음을 만들어 가는 끊임없는 시작이다. 자기 삶의 쉼표는 스스로 찍어야 한다. '그만하면 괜찮아'라고 자신을 위로하고 다시 처음처럼 시작해도 좋다. 자기 위로와 타인을 향한 시선, 공동체를 위한 상상력을 멈출 수는 없다. 인생은 생각보다 길고, 예상보다 짧다.

# 평균과 중간의 어디쯤에서

중용
º

º
**Mesotes**

그 많던 솜사탕 장수는 어디로 갔을까. 놀이공원과 시골 장터, 축제가 열리는 곳이면 어김없이 나타났던 솜사탕 아저씨. 하얀 가루 한 줌을 넣고 빙빙 도는 통 속에 나무젓가락을 휘휘 돌려 거짓말처럼 솜사탕 뭉치를 만들어내던 마법사. 흰 구름을 똑 닮아 한 입 뜯어 먹으면 사르르 녹아 없어지던 그 느낌을 잊을 수가 없다. 달콤한 맛에 시각적 환상이 더해진 솜사탕은 어른이 된 후에도 유년 시절의 맛으로 기억된다. 과거는 돌아오지 않고 현재는 건조하며 미래는 두근거리지 않는 나이가 돼서도 솜사탕은 여전히 현실 너머의 세계로 우리를 안내하는 듯하다.

## ∞ 평균의 함정과 중앙값

부드럽고 달콤한 솜사탕을 뜯어 먹던 아이들은 점점 세상 물정에 눈을 뜬다. 그리고 자신을 세상의 기준에 맞추려고 안간힘을 쓴다. 부모의 기대, 성공한 삶은 평균 이상을 의미한다. 적어도 중산층의 소박한 삶을 원하는 건 평범한 서민의 당연한 권리인지도 모른다. 이들은 경제적 계급, 사회적 지위, 정치권력에 따라 자신이 속한 사회적 계층을 스스로 자각한다. 기득권의 불공정한 행태에 분노하면서도 그들을 선망하며, 준거 집단으로 삼는 양가감정을 숨기지 않는다. 결국 개인의 행복과 불행은 '비교'를 통한 만족감이다. 자신보다 상위 계층에 속한 집단의 삶을 부러워하며 현실을 견디고 미래를 꿈꾸는 건 자연스러운 삶의 태도다. 그러나 현실은 솜사탕처럼 달콤하지 않다. 계층 이동의 장벽은 견고해지고 꿈과 희망은 점점 사라진다. 보통 사람의 평범한 삶을 원하지만, '보통'도 '평범'도 쉽지 않고 그 기준도 사람마다 다르다.

우리의 비교 대상은 대개 가까운 이웃이며 평범한 보통 사람이다. 하지만 만약 장애가 있다면 멀리 날고 싶은 꿈조차 꾸지 않는 게 좋다. 1급 지체장애인 변호사 김원영은 "우리는 존엄하고, 아름다우며, 사랑하고 사랑받을 가치가 있는 존재다. 누구도 우리를 실격시키지 못한다."라고 목소리를 높이지만 현실의 벽은 생각보다 높고 의지보다 단단하다. 장애인은 우리 사회에서 '평균' 이하의 삶을 살 가능성이 크다. 비장애인에게도 '평균적 삶'은 매우 어려운 목표라는 사실을 우리는 종종 간과하며 산다. 적당히 중간만 하라는 말조차 버거운 사람들이 세상의 절반이다.

평범한 보통 사람이란 누구인가. 키, 몸무게 등 외모뿐만 아니라 직업, 학력, 재산 등 사회·경제적 기준에서 '평균값'은 통계적 수치에 불과하다. 예를 들어 긴 탁자에 열 명이 앉아 있다. 그들은 각자 1년에 5천만 원을 번다. 즉 그들의 평균 연 소득은 5천만 원이다. 이때 홍길동이 들어와 앉았다. 홍길동의 연간소득이 10억 원이라고 가정하자. 홍길동이 열한 번째 의자에 앉아서 모두의 평균 연간 소득은 약 1억 3천만 원으로 올라간다. 이것이 평균값의 함정이다. 하지만 연 소득 중앙값은 여전히 5천만 원이다. 이때 열두 번째 의자에 빌 게이츠가 혹은 워런 버핏이 앉아도 중앙값은 변하지 않는다.

마크 트웨인은 세상에 세 가지 거짓말이 있는데 첫번째는 그냥 거짓말, 두 번째는 새빨간 거짓말, 세 번째는 통계라고 했다. 여론을 조작하고 사람들의 생각을 뒤흔들 수 있는 건 통계 그 자체라기보다 통계에 대한 해석이다. 평균값과 중앙값에 대한 오해는 평범한 사람, 보통 사람에 대한 오해를 만든다. 흔히 말하는 중간만 하면 된다는 말은 평균이 아니라 '중앙'을 의미한다. 보통 사람은 평균을 따라잡기도 버거운 세상이라는 사실을 간과해선 안 된다.


## ∞ '평균의 횡포'에서 벗어나는 연습


가끔은 이해할 수 없는 사회 현상을 접하기도 한다. 가난한 사람들이 부자를 대변하는 정당을 더 선호하고 지지한다는 것. 이런 성향에 대해 인지 언어학자 조지 레이코프는 《코끼리는 생각하지 마》에서 사람들이 반드시 자기 이익에 따라 투표하는 게 아니라, 자기가 동일시하는 대상에게 투표한다고 분석했다. 조지 레이코프가 보기에 저소득층은 자신을 부유층과 동일시하기 때문에 부유층의 구미에 맞는 보수정당을 지지한다는 것이다. 평범하게 살고 싶다고 말하는 사람의 머릿속에 '평범'은 한강이 내려다보이는 아파트에 살면서 몰디브로 휴가를 떠나는 삶을 꿈꾸는 것일지도 모른다. 사람마다 다를 수밖에 없는 '보통'의 기준은 모호하고, 때때로 '평균'은 우리를 속인다.

새로운 개념을 배울 때 가장 어려운 일은 새로운 개념을 받아들이는 것이 아니라 옛 개념에서 벗어나는 일이다. '평균의 횡포'에서 완전히 벗어나는 일은 생각보다 어렵다. 한 사람의 성격이나 기질을 평균적으로 말하며 설명하기란 어렵다. 업무 환경, 상대방과의 관계에 따라 전혀 다르게 반응할 수 있기 때문이다. 평판은 매우 편협하고 주관적 의견에 불과할 수도 있다. 오히려 맥락에 따른 행동의 특징에 초점을 맞춰 일의 성과, 행동의 결과로 판단하는 편이 낫다.

명절이나 경조사에서 만나는 친지들이 건네는 인사, 나를 대하는 태도는 유년 시절의 아주 짧은 경험과 기억에 의존하는 경우가 많다. "네가 어렸을 때 말이야…", "너 기억나니? 옛날에…" 스무 살의 '나'와 서른 살의 '나'는 같은 사람이 아니다. 몸도 마음도 변했다. 생각도 욕망도 걷는 방향도 달라졌다. 누군가를 안다고 말하는 건 매우 위험하다. 우리는 타인을 평균값도 중앙값도 아닌 지금, 현재 있는 그대로의 모습으로 투명하게 바라보는 연습이 필요하다.

## ∞ 회복탄력성과 자신에 대한 믿음으로

한국어로 '보통', 영어로 '노말normal' 혹은 '커먼 common'은 정규 분포곡선에서 표준편차가 크지 않은 영역을 이르는 말이다. 1부터 10까지 평균값은 5.5, 중앙값도 5.5인 것처럼 이 수학적 개념이 어디서나 통용될 수 있는 도구라면 좋으련만. 사람 사는 세상은 그렇지 않다. 정확한 평균과 중앙을 맞춰야 할 일은 생각보다 드물고, 인간관계나 삶의 목표가 어중간한 가운데라고 말하는 사람은 거의 없다. 고수의 경지이며 달인의 위치에 도달한 사람이나 가능한 태도다. 그래도 우리는 자기 삶의 평균, 나만의 중앙값을 설정하고 더 나은 미래를 위해 걷는다. 다만 그 대상이 타인과 세상이 아니라 '어제'와 '나'라면 더 좋다.

비교는 불행을 잉태하고 불안은 미래를 망치는 지름길이다. 이를 알고 있는데도 타인과 나를 비교하지 않기란 쉽지 않고 자신을 객관화할 수 있는 사람은 많지 않다. 때로는 친구의 성공과 이웃의 행복이 내 마음의 평화를 결정하기도 하니 말이다.

자기 능력과 현재 상황을 냉정하게 바라보고 현실적인 목표를 설정하는 일도 중요하지만, 무엇보다 통시적 관점에서 과거의 나와 현재의 나를 돌아보며 자신을 북돋우고 미래를 준비할 때 작은 행복이 찾아온다. 실패하고 넘어지는 건 당연하다. 누구나 흔들리고 넘어진다. 오뚝오뚝 다시 일어설 수 있는 회복탄력성과 자신에 대한 믿음은 삶의 무기다. 자유롭고 독립적인 미래를 위한 도구다.


## ∞ 중용, 잡음을 제거하고 나를 위한 정보를 걸러내기

사람들에게 가장 필요하고 소중한 '돈'은 천하다. 그 이유는 그것이 모든 것에 대한 등가물이기 때문이다. 개별적인 것만이 귀하다. 다수와 동일한 것은 다수 중 가장 낮은 것과 같으며, 그래서 가장 높은 것도 가장 낮은 것의 수준으로 내려간다. 모든 평준화의 비극은 이런 평준화가 '가장 낮은 요소'의 수준으로 수렴한다는 것이다.

《돈이란 무엇인가》에서 게오르그 짐멜은 어디서나 동일한 등가물이라는 이유로 돈을 천하다고 평가한다. 말도 안 되는 소리처럼 들린다. 그러나 가만히 생각해보면 평균과 중앙에는 소중함이 설 자리가 없다. 오로지 개별적인 것, 즉 '나'다운 것, '나'만의 것이야말로 돈으로 환산할 수 없는 소중한 무엇이 아닌가. 돈으로 살 수 없는 걸 많이 소유한 사람이 진정한 부자라는 역설은 삶에 대한 진실에 가깝다.

돈에 대한 자기 철학이 분명해도 일상적 삶에 대한 기대 수준을 무시할 수는 없다. 따라서 내가 나로서 산다는 건 아집이나 독선적 태도와 구별해야 한다. 타인의 시선, 세상의 평가를 무시하라는 의미와도 거리가 멀다. 야구 통계학자로 명성을 쌓고 미국 대선 예측으로 유명해진 네이트 실버는 그의 책《신호와 소음》에서 정보를 신호로, 잡음을 소음으로 표현한다. 데이터 자체는 정보가 아니며 데이터에서 잡음을 제거해야 정보가 나온다는 것이다. 아침에 눈을 뜨고 잠들 때까지 공부 잘하는 법, 연애 성공 비결, 맛집과 환상적인 여행지 정보, 부동산과 재테크 노하우, 여유 있는 노후 준비에 이르기까지 차고 넘치는 데이터가 쏟아진다. 잡음을 제거하고 나를 위한 정보를 걸러내기 위해서는 자기만의 세계관이 필요하다.

극단 혹은 충돌하는 모든 결정에서 중간의 도를 택하라는 공자님 말씀도, "절제와 용기는 지나침과 모자람에 의해 파괴되고 중용mesotes에 의해 보존된다."라는 아리스토텔레스의 충고도 보통 사람이 도달하기 어려운 경지다. 자기 객관화와 돈에 대한 철학은 절제와 용기를 통해 가능하다. 중간이라서 중립이 아니라 자신을 믿고 중심을 잡을 수 있는 자리가 중용이다. 어디쯤 서고 싶은가, 무엇을 절제할 것인가, 어떻게 용기를 낼 것인가.

공존

© 박관홍

내가 안전하기 위해 담을 높이 쌓아 올릴 것이 아니라,
서로에게 힘을 줄 수 있는 관계가 공존할 수 있도록
남을 배려하는 '관계적인 경계'가 필요하다.
우리의 존재 밑바탕에 경계와 경계 사이를
관계로 메울 수 있어야 한다.

# 그의 이쪽과 저쪽에 드리운 그림자

**맨스플레인**
◦

◦
**Mansplain**

2010년 〈뉴욕 타임스〉는 올해의 단어로 '맨스플레인 mansplain'을 선정했다. 남성man과 설명explain을 합친 신조어 맨스플레인은 리베카 솔닛의 칼럼 〈남자들은 자꾸 나를 가르치려 든다〉에서 유래했다. 한 시대를 풍미했던 유행어, 신조어는 금세 퇴색하기 마련이다. 자연스레 새 물결에 밀려 잦아들기 때문이다. 하지만 '여성 차별'은 일시적인 사회적 이슈와 달리 인류의 역사와 함께했다. 오랜 시간 수많은 논쟁을 거쳤고 정치적, 사회적으로 여전히 뜨거운 주제다. 시대와 지역, 문화와 전통에 따라 여성을 바라보는 시선은 끊임없이 변해왔으나 오해와 차별은 쉽게 사라지지 않는다. 우리 사회에서 "오빠가 설명해 줄게."라는 말 한마디는 여러 가지 의미를 내포한다. 맨스플레인은 일상에서 흔하게 벌어지는 편견과 차별의 태도와 닿아 있다. 남성의 자존심, 우월감, 소유욕은 본능에서 벗어난 사회 구조적 모순을 학습한 결과다.

## ∞ 가르치는 그와 난감한 그녀

페미니즘 논쟁이 때때로 성별과 세대를 막론하고 뜨거운 감자다. 외면하기도 어렵고 마주하자니 생각과 관점의 차이가 너무 크다. 남성과 여성의 '차이' 혹은 여성에 대한 '차별'은 미제 사건처럼 해결되지 않을 수도 있다.

역사적으로 교육 기회조차 평등하지 않던 시절, 학문과 지식은 남성의 전유물이었고 연인과 부부는 대체로 남성이 연상인 경우가 많았다. 그러다 보니 남성이 여성에게 무언가를 설명하는 게 자연스러웠다. 게다가 가부장제, 장유유서, 부부유별 등 뿌리 깊은 유교적 습속과 전통은 가르치려는 남성을 허용케 했다.

시대는 변해가고 있다. 하지만 그 변화가 아직 다 받아들여지지는 않았다. 에밀 뒤르켐은 기존의 전통적인 ㅠ

범과 가치관이 무너지고 그것을 대체할 새로운 규범과 가치관이 아직 정립되지 못한 혼란과 무규범 상태를 '아노미anomie 현상'이라고 설명했. 그러나 남녀평등을 받아들이지 못하는 남성들의 우월의식과 자존심은 아노미 현상과 는거리가 먼, 여성에 대한 편견과 차별에 불과하다. 교육 기회가 균등해지고 남녀 차이에 대한 과학적 근거가 사라진 시대를 살면서도 여전히 여성을 가르치려 드는 '마초맨'은 어디에나 존재한다. 그것이 단지 지식과 정보량의 차이 때문이 아니라는 사실을 우리는 잘 알고 있다. 여성을 바라보는 심리적 태도, 사회적 편견이야말로 맨스플레인을 가능케 하는 근본적인 원인이다.

## ∞ 인종차별보다 뿌리 깊은 여성 차별

참정권은 근대적 시민권의 핵심이지만 19세기 말까지 여성에게는 투표권이 없었다. 여성은 이성적 사고를 할 수 없으니 한 가정의 대표인 남성이 투표하는 것으로 충분하나는 사고방식은 쉽게 사라지지 않았다. 세계 최초로 여성참정권을 인정한 나라는 1893년 뉴질랜드다. 이어 1902

년 호주, 1906년 핀란드, 1920년 미국, 1928년 영국, 1946 년 프랑스에서 여성참정권이 인정되었다. 불과 100여 년 전의 일이다. 짧은 기간 동안 벌어진 사회 변동이 사람들의 의식을 완전히 바꾸지 못한 것은 당연해 보인다. 흑인 남성보다 백인 여성에게 투표권이 늦게 주어진 역사는 놀랍지도 않다. 차별은 피부색과 성별을 가리지 않고, 인간의 삶을 지배하는 편견은 깊은 역사를 지녔다. 지난 역사를 돌아보면 여성 차별은 인종차별보다 지독하게 뿌리 깊은 인류 사회의 고질병이었다.

흔히 말하는 '오빠가 허락한 페미니즘'이든 과격하고 급진적 여성운동이든 공감과 수용의 문제는 차치하더라도 차이와 차별에 대한 문제의식은 현재와 미래를 위한 과제다. 전 세계 최저 출생률과 인구 감소에 대한 공포가 대증요법을 양산하듯 젠더 이슈는 선거판에서 유불리를 따지는 정치인들의 의제처럼 일시적으로 대처할 문제가 아니다.

말콤 글래드웰은 《타인의 해석》에서 오해와 편견으로 타인을 판단하는 일이 얼마나 위험한지 설명했다. 어느 경찰이 깜빡이를 켜지 않고 차선을 변경했다는 이유로 도로를 주행하던 자동차를 멈춰 세운다. 한적한 도로에서 흑인 여학생 샌드라 블랜드와 백인 경찰 엔시니아의 신경질적인 언쟁이 이어졌다. 사소한 위반으로 경찰에 체포된 샌드라 블랜드는 유치장에 구금된 후 자살했다. 잘잘못을 따지기 전에 백인 남성과 흑인 여성이 경찰과 민간인으로 대립하는 상황은 권력관계를 분명하게 드러낸다. 운전자가 백인 남성 혹은 백인 여성이어도 이렇게 비극적인 사건이 발생했을까? 이 사례는 합법적 절차에 가려진 편견이 저지른 살인이다. 과거의 경험이 선입견으로 작용해서 잘못된 판단 근거로 활용된 예다.

우리는 나이, 성별, 인종, 외모를 보고 타인을 판단한다. 오래된 편견과 차별적 시선이 틀렸다는 인식조차 없는 경우가 많다. 성급한 일반화의 오류, 자기 경험에 근거한 선입견이 차별을 재생산한다. 특히 남성에 대한 오해보다 여성에 대한 잘못된 인식이 얼마나 심각한지 굳이 더 많은 사례가 필요하지 않다. 더구나 여성 차별의 대표적인 사례인 '유리 천장'은 여전히 깨지지 않고 있다. 동일 노동에 대한 정규직과 비정규의 임금 격차뿐 아니라 남성과 여성의 임금 격차도 무시할 일이 아니다.

한국은 1996년 경제협력개발기구OECD 가입 이래 27년째 성별 임금 격차가 가장 큰 국가다. 2022년 상장 법인 전체의 남성 평균임금은 8,676만 원, 여성은 6,015만 원으로 나타났다. 2019년 이래 격차가 가장 많이 좁혀졌지만, 여전히 여성 임금이 남성의 70퍼센트에도 미치지 못했다. 이 문제는 교육과 취업, 결혼과 출산 등의 현실에서 '차별과 차이' 사이를 두고 길을 잃기도 한다.

문제의 본질을 외면하면 눈앞에 현실만 남는다. 객관적 자료와 정확한 현실 분석이 오해와 편견을 극복할 수 있는 토대를 마련한다. 그림자 노동*뿐 아니라 경력 단절, 영유아 보육, 사교육비 등 현실 너머를 보지 않고 출산 장려금, 부모 급여 같은 대중요법이 근본적인 문제를 해결할 수는 없다. 비정규직 절대다수가 여성이라면 비정규직과 여성에 대한 임금 차별 또한 넓은 의미의 차별과 불평등에 해당할 것이다. 청년 실업, 저출생, 노인 빈곤 등 사회문제 곳곳에 여성 차별의 그림자가 짙다. 서로 다른 듯 묘하게 엉킨 실타래처럼 하나로 뭉쳐진 우리의 자화상이다.

---

＊  오스트리아의 철학자 이반 일리치는 임금에 기초한 상품 경제하에서 보수 없이 행하는 비생산 노동을 '그림자 노동'이라 했다. 가장 대표적인 예는 주로 여성이 수행하는 가사노동인데, 최근에는 가정에서건 직장에서건 시장에서건 온라인 세계에선 '셀프'라는 이름이 자잘하고 사소한 일들이 교묘하게 개인과 소비자에게로 넘어간 것까지 그림자 노동에 포함한다.

## ∞ 진화하는 21세기 남성과 여성, 인류

고대 국가 프리기아의 왕 고르디아스는 자신의 전차에 아주 복잡한 매듭을 묶어두고 훗날 이 매듭을 푸는 자가 왕이 되어 아시아를 지배할 것이라고 예언했다. 페르시아를 정복한 여세를 몰아 프리기아의 수도 고르디움까지 점령한 알렉산더 대왕이 소문을 듣고 달려와 '고르디아스의 매듭the gordian knot'을 푸는 대신 단칼에 잘라버렸다. 이렇듯 딱 떨어지는 해법이 없는 이유는 이해관계가 얽힌 사람들의 이기적인 욕심 탓이다. 양보와 타협, 대화와 토론이 들어설 자리가 없다. 여성, 아니 차별과 불평등 문제는 혁명적 발상의 전환을 통해 접근해야 한다.

젠더 갈등은 자연선택과 적응 문제를 해결하기 위해 어느 한쪽이 양보하지 않으면 공멸하는 '치킨 게임'*이 아니다. 오히려 자본주의에 의해 원격 조정되는 현실을 '섹슈얼리티sexuality'의 관점으로 살피는 것이 타당해 보인다.

---

\* '치킨게임chicken game'은 어떤 사안에 대해 대립하는 두 집단에서 어느 한쪽이 양보하지 않을 경우 양쪽 모두 극한으로 치닫는 최악의 상황을 의미한다. 도로 양쪽에서 정면으로 돌진하다 핸들을 먼저 꺾는 운전자가 패배하여 겁쟁이가 되는 자동차 게임의 이름에서 유래했다.

차이는 본능에 가깝고 차별은 학습으로 이뤄진다. 자본에 의해 차별받고 소외된 섹슈얼리티가 여성을 대상화하고 성적 자기 정체성을 희화화한다. 광고와 상업화에 물든 여성성과 사회적 성역할에 대한 의식적 노력은 때때로 충돌을 일으킨다.

뇌가 섹시해서 사랑에 빠진 오빠가 가르치려 들기 시작할 때의 낭패감을 여성들은 어떻게 극복할 수 있을까? 남성들은 설명하지 않고 그녀의 마음을 얻을 수 없을까? 꼬리에 꼬리를 물고 질문이 이어지는 이유는 21세기형 남성과 여성은 어떤 모습이어야 하는지에 대해 결론을 내리지 못하고 끊임없이 진화하고 있어서다. 관습적 태도와 여성에 대한 차별적 시선을 거두어 들여야 평등하고 건강한 관계를 맺을 수 있다. 이것은 남녀 간의 사랑과 연애 이야기가 아니라 우리 사회의 발전과 미래를 위해 반드시 풀어야 할 의무다.

# 프레임을 넘어서면 풍경이 달라진다

| 비디오 보조 심판 | VAR, Video Assistant Referees |
|---|---|

"언제 찍으실 거예요?"

"가끔 안 찍을 때도 있어. 아름다운 순간이 오면 카메라로 방해하고 싶지 않아. 정말 멋진 순간에, 나를 위해서…. 이 순간을 망치고 싶지 않아. 그저 그 순간 속에 머물고 싶지."

"머문다고요?"

"그래, 바로 저기 그리고 여기.Stay in it. like there, like here."

'기록은 기억을 지배한다'는 발타자르 그라시안의 생각은 상황에 따라 다르게 해석된다. 혹한의 설원에서 일주일을 기다려 기막힌 장면과 마주하자, 사진작가 션은 카메라 렌즈의 한계를 고백한다. 영화 〈월터의 상상은 현실이 된다〉에서 포토 에디터 월터는 션의 말을 듣고 자신이 얼마나 작은 프레임으로 세상을 바라보았는지 깨닫는다. 문명의 도구조차 인간의 한계를 뛰어넘을 수 없다는 자각이다. 그러나 영화는 소설이 그렇듯이, 매 순간 감독이 철저하게 통제하고 있는 장면만을 보여준다. 우리는 연극 무대 곳곳을 둘러볼 수 있으나 영화의 스크린 밖은 살펴볼 수 없다. 카메라는 절대적인 독재자다. 카메라의 프레임으로 대상을 바라보는 션, 월터와 션을 보여주는 감독의 프레임, 이를 통해 영화에 몰입하는 관객은 중첩된 렌즈로 또 하나의 세계를 창조한다.

### ∞ 볼 수 있는 것과 볼 수 없는 것들

사진은 빛의 예술이다. 카메라의 조리개와 셔터 스피드에 따라 다른 순간을 포착한다. 동일한 시간과 공간이지만 찍는 사람은 찰나를 해석한다. 카메라는 사람들이 보는 방식을 변화시켰다. 가시적인 것은 이제 무언가 다른 것을 의미하게 되었고 이 점은 즉시 회화에 반영되었다. 사진은 이제 회화처럼 표현하는 사람의 개성과 관점을 드러낸다는 점에서 예술의 한 갈래로 인정받는다. 나만의 것, 고유한 아우라aura가 포착되는 이유를 발터 벤야민은《기술 복제 시대의 예술작품》에서 "카메라에 비치는 자연은 눈에 비치는 자연과 다른 법이다. 그 이유는 인간이 의식을 갖고 엮은 공간의 자리에 무의식적으로 엮인 공간이 들어서기 때문이다."라고 설명했다. 기술은 어차피 인간의 생각과 감정을 표현하는 도구로서 기능할 뿐이다. 오랜 기다림 끝에 아름다운 설경과 어우러진 눈표범의 움직임을 순간으로 포착할 수밖에 없는 카메라의 한계를 션은 분명히 알고 있었던 것이다.

1839년 카메라의 발명으로 예술은 위기를 맞았다. 현실을 재현하려는 화가가 카메라와 경쟁할 수밖에 없는 시대가 도래했다. 모든 예술은 본질을 표현하는 쪽으로 선회했고 화가는 카메라 렌즈로는 포착할 수 없는 사물과 인간의 내면을 그리기 시작했다. 예술가들은 특히 현대인의 '불안'과 '고독'을 자기만의 방식으로 새롭게 대상을 표현하기 시작했다. 그렇게 사진과 회화는 각자의 영역에서 따로 또 같이 공존해 왔다. 인간의 눈과 카메라 렌즈는 진화를 거듭하며 각자 고유한 영역을 확보한 것이다. 그러나 여전히 카메라는 인간의 눈, 즉 대상을 해석하고 관점과 의지를 표현하기 위한 도구로 활용될 뿐이다. 드라마, 영화도 크게 다르지 않다. 제한된 프레임은 감독의 의도를 반영하며, 주제를 향한 집중과 선택을 위한 역할에 충실하다.

보는 게 믿는 거라는 말은 수정되어야 마땅하다. 인간의 눈은 카메라 렌즈보다 약점이 많다. 우리 눈에는 바로 앞에 사물도 볼 수 없는 맹점盲點이 있다. 인간은 겨우 380~780나노미터 정도의 파장 범위를 가진 빛만 볼 수 있다. 눈으로 볼 수 있는 빛, 즉 가시광선은 무지개 색깔 정도를 구분할 수 있는 수준이다. 적외선이나 자외선은 인간의 눈으로 볼 수 없는 빛이다. 이렇게 분명한 우리 눈의 한계를 카메라 렌즈로 극복한 보이지 않는 세계를 포착하는 기술이 인간의 눈을 대신하기도 한다.

CCTV는 조지 오웰이 예고했던 '빅브라더big brother'*가 되어 현대 사회를 통제하고 관리하는 데 결정적인 역할을 하고 있다. 안면 인식 기술 등을 누적하면 '빅데이터'로 활용할 수도 있는 상황이다. 이제 개인정보는 점점 더

---

* '빅 브라더'는 조지 오웰의 소설《1984》에 나오는 전체주의 국가 오세아니아를 통치하는 독재자를 말한다. 소설의 사회에서는 모든 사람들이 텔레스크린을 사용한 감시 하에 놓이 있고, "빅 브라더가 당신을 보고 있다Big Brother is watching you."라는 문구를 통해 끊임없이 이 사실을 상기하게 된다.

'전체 공개'가 되어가고 있으며 사생활이 없는 시대를 살고 있다고 해도 과언이 아니다. 보이지 않는 것과 볼 수 없는 것, 보고 싶은 것과 보여주고 싶지 않은 것들이 부딪치는 관음증의 욕망이 우리를 불안하게 한다. 언제 어디서든 '텔레스크린telescreen'을 지켜보는 사람들이 있다.

## ∞ 보이는 것과 보이지 않는 것

자신을 드러내지 않는 감독관은 마치 유령처럼 군림한다. 이 유령은 필요할 때 자신의 존재를 드러낼 수 있다. 모든 것을 한눈에 파악할 수 있는 양식을 '파놉티콘panopticon'이라고 한다. 이 양식은 감옥에서 죄수들은 감독자를 알 수 없고 감독자는 모든 죄수의 행동을 한눈에 꿰뚫어 보게 한다. 이 불평등한 시선 자체가 불안과 공포를 심어주고 감시와 처벌로 기능한다. 미셸 푸코는 "범죄가 개인을 사회로부터 소외시키는 것이 아니라, 오히려 사람들이 사회 속에서 이방인처럼 소외되기 때문에 범죄가 발생한다."라며 인간소외가 범죄의 원인이라고 분석한다. 범죄자에게 가해지는 이런 불평등한 시선은 감옥뿐만 아니라 병원, 군대, 학교로 확산하여 거대한 권력으로 작동한다.

이와 유사한 시선이 스포츠에도 그대로 재현된다. 승리를 위해 최선을 다하는 선수들과 매의 눈으로 선수들을 감시하는 심판과의 치열한 눈치 게임. 오심도 경기의 일부라는 말은 이제 그리스 시대 올림픽 제전에나 어울린다. 펜싱과 태권도 선수들은 센서를 부착하고 육상 경기, 스케이트 결승선에서는 천분의 일 초 단위로 사진 판독을 한다. 테니스의 호크 아이, 배구의 비디오 챌린지 시스템, 배드민턴의 초고속 판독 시스템처럼 축구에서는 비디오 보조 심판VAR, video assistant referees이 승부를 가른다.

1986년 멕시코 월드컵 아르헨티나-잉글랜드의 8강전. 당시 최고의 축구 스타였던 아르헨티나의 디에고 마라도나는 '신의 손'을 연출했다. 165센티미터에 불과한 마라도나가 183센티미터의 골키퍼를 따돌리고 손으로 골을 넣었으나 심판은 속았다. 이제는 전설이 될 만한 이야기다. 2018년 러시아 월드컵부터 전면 도입된 VAR은 프랑스-호주 전부터 빛을 발휘했다. 프랑스는 두 골 모두 VAR과 골라인 테크놀로지 판독으로 얻었다. 이에 대해 2022년 월드컵부터 도입된 반자동 오프사이드 판독 기술 SAOT semi-automated offside technology은 냉정한 승부의 세계를 예고했나.

사우디아라비아와 1차전에 맞붙은 우승 후보 아르헨티나는 전반에만 리오넬 메시의 페널티킥 골을 제외하고 세 번 더 골망을 갈랐으나 12대의 카메라가 오프사이드를 모두 잡아냈다. 어깨 한쪽, 엄지발가락 하나라도 수비수보다 먼저 들이밀면 반칙이다. 결국 2:1로 충격적인 역전패를 당한 아르헨티나 팬들은 VAR 시스템을 맹비난하며 망연자실해 했다.

## ∞ 결국은 세상은 모습은 만드는 건 인간의 몫

그래서 세상은 조금 더 공정해졌을까? 억울한 승부 조작, 뇌물로 얼룩진 스포츠 경기에 정의가 실현된 것일까? 같은 일을 하면 같은 돈을 받고, 같은 잘못을 하면 똑같이 처벌받는 세상이 드디어 도래한 것일까? 타인과 세상을 보는 관점은 제각각이다. 서로 다른 시선들이 부딪치고 서로 다른 생각들이 갈등할 때마다 개인은 물론 공동체는 혼란에 빠진다. 최소한의 기준을 마련하기 위해 의견을 모으고 규칙을 정하며 법을 만들지만 서는 자리가 다르면 풍경도 달라진다. 어느 자리에서도 억울한 사람이 없는 기준을 위한 방법은 결국 인간의 몫이다. 비디오 보조 심판을 활용한 축구 경기도 결국 주심이 최종적인 결정을 내린다.

해결되지 않는 문제가 항상 우리를 기다린다. 자유와 평등, 공정과 상식의 기준은 무엇일까. 모두가 정의로운 세상을 외쳐도 머릿속에 그리는 모습은 제각각이다. 사람은 오감을 통해 사물과 세상을 인지하고 반응한다. 그 반응은 시선이 머무는 자리에 따라 달라진다. 그 대상이 사람일 경우에 바라보는 시선에는 잠재적 욕망과 감정이 묻어난다. 카메라 렌즈가 관음적인 성격을 띠는 것도 그 때문이다. 인간의 눈도 다르지 않다. 사람을 향한 나의 욕망, 세상을 향한 나의 열망이 내 존재를 결정한다. 참과 거짓, 선악과 미추를 구별하기 위해 마음속에 VAR을 설치할 수는 없다. 그러나 내 눈의 앵글과 프레임, 그걸 선택하고 판단하는 사회적 기준은 지속적인 돌봄이 있어야겠다.

사람을 향한 나의 욕망,

세상을 향한 나의 열망이 내 존재를 결정한다.

# 경계와 관계 사이의 관계

| 상피제 | 相避制 |
|---|---|
| ○ | ○ |

저녁 식탁에서 멕시코의 마약상 오마르 나바로의 신분을 세탁해야 한다는 아버지 마티의 말을 듣던 10대 아들이 끼어든다.

"3학년 때 베이징 천단 공원에 대해 배웠어요. 면적이 240제곱미터쯤 되는 공원에 '기년전'이라는 건축물이 있어요. '회음벽'이라는 게 빙 둘러 있는데 진짜 속삭이듯 말해도 그 말이 몇 번이고 반복해서 들린대요." 조나는 사춘기 소년답지 않은 비유로 아버지에게 충고한다.

드라마 〈오자크〉의 한 장면에서 '진실은 감출 수 없다'라는 교훈을 얻을 수도 있을 것이다. 하지만 세계적인 범죄자도 촘촘한 법의 그물망을 빠져나갈 수 있고, 배가 고파

빵 하나를 훔친 죄로 19년 동안 감옥생활을 할 수도 있는 세상이 아닌가. 현실의 법과 제도는 돈과 권력을 가진 자에게 더 친절하다. '유전무죄 무전유죄'는 어느 사회든 통용되는 게임의 법칙이다.


## ∞ 우리는 남이 맞다


우리가 사는 세상은 꿈을 현실로 만들기 어렵다. 법과 제도가 부자를 편드는 게 아니라 돈과 권력을 가진 사람들이 법과 제도를 만들기 때문이다. 진실은 중요하지 않다. 대체로 어느 시대, 어떤 국가도 상황 논리에 따라 법과 제도를 뜯어고치고 나름의 입맛에 맞춰 해석할 뿐 이상적 진리를 표방한 적이 없다. 마약상의 신분 세탁은 언젠가 드러날 거라는 조나의 생각은 옳다. 그러나 오마르 나바로는 돈으로 권력을 매수하고 자신의 범죄에 대한 대가를 제대로 치르지 않을 개연성이 높다. 드라마 주인공인 회계사 마티 버드는 마약상의 돈세탁으로 가족을 지킨다는 명분을 내세운다. 하지만 가족은 점점 위험에 처하고 결국 더 큰 범죄의 소용돌이에 휘말린다.

권선징악으로 끝나는 드라마와 달리 현실은 가진 자들의 승리가 보장된 듯하다. 이런 현실 때문인지 사람들 대부분은 이율배반적인 태도를 보인다. 윤리와 도덕의 잣대로 타인을 평가하지만 자기 삶에는 대체로 관대하다. '내로남불'의 자세로 모순된 자신의 말과 행동을 합리화한다. 각종 채용 비리와 입시 부정에 분노하면서도 집안에 판검사 한 명쯤 있는 게 좋다는 말에는 고개를 끄덕인다.

학연과 인맥으로 일을 잘 처리하거나 필요할 때 서로 편의를 봐주는 관계를 맺는 건 세상 사는 지혜일까? 아니면 부정부패와 불공정한 세상의 단면일까?

40년 전이니 이제 현대 정치사의 일부가 되었다. 일명 '초원복국' 사건은 대한민국에 통용되는 '우리가 남이가?'의 폐해를 보여주는 사건이었다. 사건의 개요는 간단하다. 대통령 선거를 1주일 앞둔 1992년 12월 11일, 부산의 한 음식점인 '초원복국'에서 부산시장, 부산지방경찰청장, 국가안전기획부 부산지부장, 부산시 교육감, 부산지방검찰청장 등이 모였다. 법무부 장관이 주요 기관장을 만나 여당 후보 지지를 독려하며 "우리가 남이가? 지역감정이 유치할신 몰리도 고향 발전엔 도움이 돼, 하여튼 민간에서 지역감정을 좀 불러일으켜야 돼." 등의 발언을 이어갔다.

공권력의 선거 개입, 지역감정 조장이라는 핵폭탄급 사건이었지만 '불법 도청'에 포커스를 맞춘 언론 플레이로 묻혀 버렸다. 오래된 관행과 악습이 불러온 참사지만 그들은 도청을 문제 삼았고 선거법을 위반한 자들은 아무도 처벌받지 않았다. 비판적 시선으로 피장파장의 오류를 읽어내는 건 우리의 몫이다. 정치인뿐만 아니라 가족, 연인, 친구, 동료 간의 갈등도 이 구조와 크게 다르지 않다. 공적인 관계든 사적인 관계든 자기 이익에 충실한 태도는 합리적 대화와 토론을 가로막는다.

서로 밀어주고 당겨주는 이해관계는 때때로 핏줄보다 강하게 작동한다. 이해관계가 얽히면 침묵의 카르텔이 작동한다. 남이지만 남이 아닌 관계, 가족이 아니지만 가족 같은 회사가 가능한 이유는 이기적 욕망 때문이다. 위에서 살펴본 사례처럼 누군가 여론을 조작하고 언론은 프레임을 전환해서 대중을 선동한 결과만 역사적 사실로 남아 있다. 비슷한 사례와 상황들은 오늘도 반복되고 있다.

돌아보면 상상도 할 수 없는 일이지만 우리는 여전히 '끼리끼리' 문화를 버리지 못한다. 보이지 않게 서로의 이익을 챙기는 관계를 맺고 상부상조하는 게 뭐가 잘못이냐고 되묻는다. 내가 하면 친목 도모와 연대감을 표시하는 관행이고, 남이 하면 불법적인 뇌물과 청탁인가. '우리가 남이냐'고 묻는 사람을 조심해야 한다. 질문이 아니라 암묵적 협박이다. 거절하면 받을 불이익, 협력하면서 생기는 불편함, 그들 무리에게 진 빚을 떠올리면 우리는 남이 아니라 피를 나눈 형제보다 강한 운명 공동체라는 자각에 이른다. 세상을 살아가면서 맺는 나의 관계, '타인과의 거리'가 바로 지금 내가 세상을 살아가는 삶의 태도다. 그것이 한 인간의 본질이다.

## ∞ 회의주의적 거리두기가 필요한 사회

상황이 달라지면 말과 행동도 바뀌는 게 인간의 본능이다. '내로남불'은 누구나 겪을 수 있는 '인지 부조화' 현상이다. 불편 없이 상황에 맞는 생각과 행동을 하며 자기 합리화에 살아가지만 '너'와 '나'의 상황이 바뀔 때는 세상을 향해 공정과 상식을 따져 묻는다. 시카고에서 반듯하고 성실한 회계사로 살아가던 마티 가족이 오자크에 정착하며 벌어지는 이야기는 한국의 상황과 전혀 다르다. 하지만 생존과 범죄 사이에서 자기 삶을 지키려는 일가족의 모습은 살기 위해 몸부림치는 우리의 현실과 크게 달라 보이지 않는다. 개인적인 욕망과 타인의 시선 사이에서 번민하지만 가족 이기주의에 함몰된 대한민국의 자화상과 겹친다. 내 자식과 우리 가족을 앞세우면 죄의식이 사라지고 개인적 친분, 사회적 관계가 모두 '스펙'과 '능력'으로 변질된다. 잘 산다는 건 끈끈한 인적 네트워크를 잘 유지해왔다는 말일지도 모르겠다. 그렇게 가까운 거리만큼 주고받으며 잃어버린 건 무엇일까. 거리를 두지 않는 부적절한 관계는 우리 사회 전체를 좀먹는다. 공동체를 병들게 하는 친밀함은 우리를 위험에 빠뜨린다.

스켑틱skeptic의 어원을 찾아보면, 라틴어에는 '탐구하는' 혹은 '성찰적인'이라는 뜻의 스켑티쿠스scepticus가 있고 고대 그리스어에는 '감시자' 혹은 '목표로 삼다'라는 뜻이 있다. 즉 '회의주의scepticism'는 사려 깊고 성찰적인 탐구라 할 수 있다. 회의주의자는 비판적 사고를 하는 사람이다. 자신이 속한 공동체 혹은 국가 전체에도 감시자가 필요하다. 언론은 민주주의의 '워치독watchdog', 즉 감시자이다. 입법부, 행정부, 사법부는 상호 비판, 견제가 주된 기능 중 하나다.

물론 국민 개개인도 의무를 소홀히 해서는 안 된다.

균형 감각을 유지하며 비판적 시선을 가진 '회의주의'는 우리 삶을 지탱하는 원동력이다. 언론과 검찰을 비난하기 전에 스스로 성찰적 회의주의자로 살아가는 시민이 되어야 한다. 이런 태도는 자신이 속한 직장의 근무 환경을 바꾸고 살기 좋은 지역사회를 만든다. 개인의 이익이 침해될 때만 불평과 불만을 쏟아내기보다 근본적인 문제를 개선할 수 있는 시스템으로 바꾸자는 제안이 필요하다.

## ∞ 상황에 따라 바뀌는 게 사람이라지만

많은 사람이 공감하는 불편함, 불공정, 부당함을 파악하지 못하는 사람은 이익을 보는 소수다. 그러니 소시민에게 자기희생과 정의감을 요구하는 건 지나친 요구일지도 모른다. 진영논리에 따라 뉴스에 등장하는 정치인을 욕하거나 연예인과 셀럽의 사생활을 손가락질하는 사람들은 대개 상황을 간과한다. 단순히 입장을 바꿔서 생각해 보라는 역지사지易地思之의 요구가 아니다. 그럴 수밖에 없다는 변명을 합리화의 도구로 활용해서는 안 되지만 사람은 상황에 따라 바뀌는 적응의 동물이다. 입장과 상황이 바뀌면 누구든 혈연, 학연, 지연이라는 인맥을 활용하고 싶은 달콤한 유혹을 느낄 수 있다. 상황이 바뀌면 생각도 감정도 달라지기 때문이다.

혈연, 학연, 지연을 한국 사회의 병폐로 보고 이를 비판하는 사람들도 어떤 모습으로든 무리 지어서 행동하고 각자 속한 집단과 공동체의 이익을 우선한다. '꽌시关系'는 한국말 '관계關係'의 현대 중국어 발음으로 대체로 부정적인 의미로 사용되지만 꽌시는 '의義'의 다른 표현으로 중국 전통문화의 일부라고 할 수 있다. 받은 게 있으면 갚아야 하고, 한번 자신에게 은혜를 베풀어 준 사람에게는 공과 사를 불문하고 끝까지 보답해야 한다는 의미다. 이러한 미덕이 연고주의로 변해 각종 부정부패의 원인이 되기도 하고, 한국 사회에서는 '빽', 즉 배경이 변변치 않으면 돈이 가장 강력한 힘을 발휘한다. 미국에서 보편화된 동문 자녀 기부 입학이나 현대차 노조 자녀 입사 특혜 논란을 바라보며 당신은 시기와 질투, 비난과 분노 사이 어디쯤 서 있는가.

최순실 국정농단 사건 당시 부정 입학으로 온 국민의 분노 유발자였던 정유라는 당당하게 "돈도 실력이야, 니네 부모를 원망해."라고 말했다. 부모의 부와 권력으로 이룬 성취를 자기 실력으로 착각하는 사람들이나 재벌의 아들,

딸로 태어난 사람들을 바라보는 서민들의 시선은 차갑다. 그러나 사람은 상황이 바뀌면 태도를 바꾼다. 어디까지가 자신의 노력과 성취고, 어디까지가 부모와 환경의 도움인지 판단하는 건 쉽지 않다. 복잡한 관계 속에서 올바르게 누군가를 비판하고 자신을 돌아보는 일은 결코 쉬운 일이 아니다. 하지만 적어도 현대판 '음서제蔭敍制'라 할 만한 부모의 사회·경제적 지위가 다음 세대의 교육, 진학, 취업에 미치는 영향에 대해서는 우리 사회가 합의할 만한 제도적 보완 장치가 필요하다. 보이지 않게 우리 사회를, 아니 내 삶을 지배하는 올가미가 무엇인지 조금 더 깊이 고민해야 한다.

## ∞ '관계적인 경계' 상피제의 재해석

'상피제相避制'는 고려, 조선 시대 관료 체계의 원활한 운영과 권력의 집중·전횡을 막기 위해 일정 범위 내의 친족 간에는 같은 관청 또는 통속 관계에 있는 관청에서 근무할 수 없게 하거나, 연고가 있는 관직에 제수할 수 없게 한 제도다. 2018년 숙명여고에서 아버지인 교무부장이 쌍

둥이 자매 딸에게 시험지를 유출한 사건으로 현대판 상피제가 법제화됐다. 같은 학교에 부모와 자녀가 함께 근무하거나 재학할 수 없게 된 것이다.

'인간이 자신의 목적을 선택할 수 있는 능력'인 자유는 저절로 주어지지 않는다. 개인의 욕망과 사회적 윤리가 부딪치는 지점을 정확히 짚어내어 평등의 가치를 공유하면 다수가 행복하다. 이기적 소수를 억누르는 힘은 다수의 연대와 실천에서 나온다. 우리 모두 구조와 시스템을 감시하는 회의주의자로 살아야 하는 이유다.

그러기 위해서는 조직이나 단체에서도 사람 사이에 힘의 균형을 이루는 '경계'를 만드는 것이 중요하다. 내가 안전하기 위해 담을 높이 쌓아 올릴 것이 아니라, 각자의 입장을 공감하고 서로에게 힘을 줄 수 있는 관계가 공존할 수 있도록 '관계적인 경계'를 세우길 바란다. 우리의 존재 밑바탕에 경계와 경계의 사이를 관계로 메울 수 있으면 좋겠다. 그뿐만 아니라 경계와 관계를 명확하게 구별 짓는 공적 시스템과 공동체의 문화가 바탕에 있어야 한다. 상피제의 정신을 오늘의 시스템으로 재해석하고 보이지 않는 음서제를 걷어내는 노력이 필요하다.

# 공정한 나눔의 계산법

**와리깡**
○

○
**わりかん(割(リ)勘)**

 

인류는 오랫동안 물물교환을 통해 필요를 충족하다가 화폐 거래로 신용 사회의 토대를 마련했고 계속해서 새로운 거래 질서를 창조했다. 새로 등장한 블록체인 기술을 통한 가상화폐, NFTnon-fungible token도 상호 이익과 호혜의 원칙에서 벗어날 수는 없다. 어느 한쪽에만 이익이 되는 방식으로 거래가 이뤄지거나 신용 질서가 무너진 자본주의 체계는 상상하기 어렵다.

개인과 개인, 개인과 사회는 서로 다른 이익과 욕망을 추구한다. 정교한 자본주의 시스템은 복잡한 이해관계로 얽혀 있으나 그렇다고 해서 모든 관계에서 이익과 손해를 따질 수도 없는 노릇이다. 서로 다른 삶의 가치와 추구하는 목적에 따라 무게 중심을 어디에 놓을지 고민하는 건 당연하다. 사랑과 우정은 할인되지 않고, 나눔과 배려는 이익을 계산하지 않는다.

## ∞ 'N빵'에 가려진 공정의 가치

가족, 친구, 연인은 이해관계를 따지지 않는 일차적인 관계다. 이익과 손해를 굳이 따질 필요가 없으나 심리적 보상과 균형은 어느 정도 관계에 영향을 미친다. 이에 비해 기업체, 공공기관 등 사회적 관계는 대체로 이차적인 관계다. 금전적, 물질적 이익과 손해가 관계의 바탕을 이룬다. 물론 일차적인 관계도 이해관계에 따라 틀어지기도 하고, 이차적인 관계도 이타심이 개입되기도 한다. 어떤 형태의 관계든 어느 정도 유·무형의 이해관계가 바탕을 이루며 이에 따라 관계 양상이 달라지기 마련이다. 그 손익이 물질적이든 심리적이든 상관없이 각자의 한계와 범위가 조금씩 다를 뿐이다. 무작정 아낌없이 주고 대가 없이 받기만 하는 관계는 불가능에 가깝다.

이런 관계를 유지하는 암묵적 합의가 '와리깡ゎりかん,

割(リ)勘'이다. 우리나라에서 '와리깡'은 본래 의미와 달리 '할인'이라는 의미로 사용되고 있다. 하지만 '와리깡'은 더치페이dutch pay, 즉 '각자 내기'와 같은 의미다. 언어는 생물인지라 이제는 '깡'만 살아남아 신용카드를 결제하고 수수료를 뗀 액수를 지급 받는 '카드깡'으로 사용된다. 또 언제부턴가 '분배'라는 뜻의 '붐빠이ぶんぱい'가 '와리깡'의 의미를 대체해 비용을 나눠내는 'N분의 1'의 방식, 즉 'N빵'으로 쓰이고 있다. 붐빠이가 아니라 와리깡이 '각자 부담, 각자 계산'을 의미하는 말이다. 수익자 부담 원칙에 따라 자기 몫을 내는 '와리깡' 대신 '붐빠이'가 널리 사용되는 이유는 알 수 없다. 하지만 두 단어의 의미는 엄연히 구별된다. 예를 들어 일본에서는 식사를 먼저 제안한 사람이 계산하지 않고 와리깡을 하는 경우가 많다. 자신이 대접하겠다고 의사를 밝히지 않는 한 와리깡을 당연하게 여긴다. 그러나 한국에서는 선배, 상급자, 연장자가 계산하는 게 관례다. 여기에는 한국식 온정 문화의 긍정적인 측면과 권력과 서열 문화의 부정적 측면이 공존한다. 어느 쪽이 더 나은 방법일까. 단순히 문화의 차이인지, 자본주의 사회의 '붐빠이'를 효율적으로 활용하는 방식인지 생각해볼 필요가 있다.

친구들이 만나 카페에서 커피를 마시거나 식당에서 밥을 먹으면 와리깡, 즉 '더치페이'를 하는 경우가 있다. 더치페이는 네덜란드 사람이 다른 사람에게 한턱을 내는 관습인 '더치 트리트dutch treat'라는 정반대 의미에서 유래했다. 네덜란드는 17세기에 동인도 회사를 세워 영국과 식민지 경쟁을 벌였다. 영국인들은 함께 식사한 후 자기 밥값만 계산하는 사람을 네덜란드 사람처럼 자기 잇속만 차린다는 의미로 '더치 트리트'를 비틀어 '더치페이'라고 조롱했다. 대접한다는 의미의 '트리트'를 지불한다는 '페이'로 바꾸어 인색한 사람들이라는 부정적 이미지를 덧씌운 것이다.

유래야 어찌 됐든 각자 자기가 먹은 음식값을 내는 '와리깡', 비용을 똑같이 나눠내는 '붐빠이'는 생각보다 공평하지 않을 수 있다. 만나는 장소와 상황에 따라 메뉴가 한정되기 때문에 와리깡을 하든 붐빠이를 하든 항상 공정하고 정의로운 방식이라고 하기는 어렵다. 용돈과 연봉, 경제 사정이 다른 사람들에게 분식집의 N빵과 오마카세의 와리깡이 같을 수는 없지 않은가.

## ∞ 와리깡보다 붐빠이가 먼저다

여러 가지 불명예 중에서도 한국이 OECD 남녀 임금 격차 최고라는 소식은 씁쓸하다. 2020년부터 여성에 대한 임금을 차별하는 기업에 벌금을 부과하는 프랑스의 사례는 아직 먼 나라 이야기로 들린다. 한국은 여성 임금이 남성 임금의 70퍼센트에 미치지 못한다. 분야별로 다르고 원인과 진단도 제각각이지만, 동일 노동 동일 임금이라는 상식도 정규직과 비정규직 사이에 지켜지지 않으니 남녀 간 격차는 당연하게 여겨지는지도 모른다. 어쨌든 남성, 선배, 상급자, 연장자의 연봉이 더 많으니 이차적 관계에서 와리깡은 합리적인 계산법이 아니다. 심지어 일차적 관계인 동창회비와 데이트 비용 N빵도 정답은 아니다. 저마다 급여와 소득이 다르고 가정형편과 경제 사정이 다르지 않은가. 사회적 부의 '붐빠이'가 제대로 이루어지지 않은 상태에서 N분의 1의 크기와 무게는 제각각이다.

이와 같은 논리로 라면과 아이스크림, 맥주와 담배, 자동차 주유비, 버스와 지하철 요금, 주차위반 과태료 등 간접세는 사람을 가리지 않는다. 예를 들어 재벌 2세가 페라리를 운전하다 신호를 위반하면 범칙금 7만 원이지만,

노점에서 붕어빵을 파는 트럭 아저씨에게 부과되는 신호위반은 차종이 달라 8만 원이다. 두 사람이 내는 과태료는 공정한가. 지난 2000년, 노키아 부사장 안시 반요끼가 오토바이를 타고 가다가 속도위반으로 적발되어 11만 6천 유로(약 1억 8천만 원)를 낸 사실이 화제가 된 적이 있다. 적발된 사람의 직업, 소득과 자산에 비례해 벌금을 부과한 결과다. 와리깡에 해당하는 간접세보다는 직접세를 늘려 조세 형평이 이뤄지고 소득이 재분배되는 사회가 선진국이 지향하는 잘 사는 나라다. 하지만 OECD 국가 중 한국은 간접세 비율이 평균에도 미치지 못한다. 제대로 붐빠이가 이뤄지고 합리적인 와리깡, 즉 진정한 더치페이가 가능한 세상을 꿈꿔본다.

## ∞ 행복한 사회는 와리깡으로 살 수 없다

자유와 평등의 가치가 모두에게 공평하게 주어져 분배되고 있는가. 사회 계층과 경제 수준에 따라 체감하는 자유와 평등의 가치는 조금씩 다르다. 발터 샤이델은 《불평등의 역사》에서 역사적으로 "오직 특정 유형의 폭력만이 줄

기차게 불평등을 끌어 내렸다."라고 분석한다. 그중 네 가지 핵심 폭력 요인만이 심화하는 불평등을 무너뜨렸다고 정리한다. 그것은 바로 "대중 동원 전쟁, 변혁적 혁명, 국가 붕괴, 그리고 치명적 대 유행병"이었다. 일본 제국주의에 의한 식민지 전락, 6·25전쟁, 5·16 군사 쿠데타, 촛불 혁명처럼 사회 체제가 송두리째 뒤흔들릴 만한 일이 벌어져야 불평등이 해소될 수 있다는 주장에 동의할 수밖에 없다. 그렇지 않으면 기득권 세력의 욕망은 변함없고 사회 계층 이동의 사다리 걷어차기는 계속된다. 비슷한 정강, 정책을 내세운 정부, 유권자 위에 군림하는 국회의원, 사적 권력으로 착각하는 경찰과 검찰의 행태는 쉽게 바뀌지 않기 때문이다. 정치적 진영논리에 휩싸인 사람들의 선전 선동과 가짜 뉴스가 난무하는 현실을 책임지는 사람들은 결국 우리 자신이다. 자신의 사회·경제적 위치를 확인하고 현실적인 문제의 본질을 파악하는 일부터 해야 한다. 그것이 사회 제도와 정책의 문제인지 개인적인 의지와 노력의 문제인지 구별할 필요가 있다. 행복과 불행은 사소한 생각의 차이가 아니라 때로는 사회 구조와 시스템이 원인일 수도 있다. 각자의 꿈과 희망도 결국 그 안에서 이뤄지지 않는가.

사람들은 나와 무관한 일에는 대체로 관심이 없다. 하

지만 공동체는 유기적으로 움직이며 정치, 사회, 경제 문제에 관심을 두고 참여하는 태도가 현실을 조금씩 바꿔 나간다. 어떤 일이든 본질을 들여다보려 하고 장기적인 안목으로 다수를 위한 방법을 고민해야 한다. 혼자 행복한 세상은 불가능하다. 행복한 사회는 카드깡으로 살 수 없다. 더치페이도 불가능하다. 우리의 삶도 다르지 않다.

시선

인간의 삶은 '생존'에만
기댈 수도 없고 '현실'에만
집착할 수도 없다.
이상과 현실 사이에서 방황하며
흔들리고 알 수 없는 미래를 향해
무거운 발걸음을 옮긴다.
이상은 멀고 현실은 가깝다.
앎이 삶이 되는 건 쉬운 일이 아니다.

# 낯섦에 대한 환대

독일의 철학자 발터 벤야민은 "구원은 연이은 재앙의 작은 틈 속에 버티고 있다."라는 말로 절망 속에 작은 희망의 불씨를 살려 놓았다. 절체절명의 순간에도 인간은 마지막 기대를 저버리지 않는다. 벼랑 끝에 선 사람은 내일을 생각하지 않으나 생존 본능은 불수의근不隨意筋(내 의지와 관계없이 스스로 움직이는 근육)처럼 생을 향해 꿈틀거린다.

그러나 정희성 시인은 "아쉽기는 해도 / 더 짙어지기 전에 / 사랑도 // 거기까지만 / 섭섭기는 해도 나의 봄은 / 거기까지만"이라고 말한다. 지나간 모든 것은 그리워지는 법, 다행히 그 끝을 인정하고 마무리할 시간이 주어진다. 따스한 봄날이 영원할 것처럼 사는 낙천적 태도는 곧 다가

올 무더운 여름과 추운 겨울에 도움이 되지 않는다. 희망을 포기하지 않되, 인간의 일이 아닌 건 받아들여야 한다. 최악의 상황에서도 내일을 기다려야 하지만, 꽃잎이 떨어지고 눈이 오는 건 어쩔 수 없는 일이다. 거기까지면 충분하다.

## ∞ 누구에게나 뜨겁던 시절이 있다

돌아보면 사춘기가 엊그제다. 고개를 들면 벌써 마흔이 보인다. 거울 속에 환갑 넘은 노인과 마주치는 순간도 금방이다. 누구도 피할 수 없는 시간 앞에서 우리는 겸손을 배운다. 영원한 젊음은 불가능하고 노년을 거부할 수 있는 사람도 없다. 역동적이고 유연한 몸과 마음에서 차분하고 단단한 몸으로 변하는 과정은 자연스러운 순환법칙이다. 그러니 시간을 되돌리려면 생각이 굳지 않게 노력해야 한다. 세상을 낯설게 바라보는 연습과 투명하게 사람을 대하는 태도로 젊음을 유지해야 한다. 어린아이의 눈으로 세상을 바라보는 건 결코 쉬운 일이 아니지만.

이별은 예고 없이 찾아온다, 사랑처럼. 누구에게나 들

뜬 가슴이 뜨겁던 시절은 있다. 순수는 맹목의 다른 이름이다. 열정은 무모함의 포장지다. 현실에 눈을 뜨고 이해관계를 따지며 세속적 욕망이 스멀거리기 시작하면 나이와 무관하게 사람들은 변해간다. 설레며 꽃 한 송이를 연인에게 내밀던 손과 두근거리던 가슴은 그리 오래 가지 않는다. 하지만 그런 애틋함과 그리움이 없다면 세상은 얼마나 삭막한가. 인간의 삶은 '생존'에만 기댈 수도 없고 '현실'에만 집착할 수도 없다. 이상과 현실 사이에서 방황하며 흔들리고 알 수 없는 미래를 향해 무거운 발걸음을 옮긴다. 그 과정에서 매번 본능과 이성이 충돌한다. 이상은 멀고 현실은 가깝다. 앎이 삶이 되는 건 쉬운 일이 아니다.

## ∞ 생존을 위한 경계 태세

생물학적 존재로서 인간은 육체적 본능이 앞선다. 양파를 썰면 눈물이 나고 뜨거운 컵을 만지면 손을 뺀다. 재채기와 하품을 참기 어렵고 어둠 속에서는 동공이 확대된다. 반면 조건 반사는 파블로프의 개 실험에서 보듯 자극이 감각 기관을 거쳐 대뇌에 전달되어 학습한 결과로 운동

신경이나 특정 기관이 반응하는 것이다.

그렇다면 칠판에 분필을 끄는 소리, 검은 피부를 가진 사람에 대한 반응은 어떻게 설명할 수 있을까? '이디오진크라지idiosynkrasie'는 고도로 문명화된 현대인에게 유일하게 남아 있는 원시적이고 동물적인 반응 형식으로 외부의 위협에 대해 본능적으로 움츠리는 말미잘의 촉수와 같은 무조건 반사를 말한다.

이디오진크라지는 생물학적인 원초 상태를 재현한다. 듣기만 해도 머리카락이 곤두서거나 가슴이 뛰고 소름이 끼치는 등 위험에 직면하면 신체의 개별기관들은 주체의 지배를 벗어난다. 한 마디로 이디오진크라지는 개별주체인 자아가 통제할 수 없는 생물학적 반응과 특정 대상에 대한 혐오감이다. 자기와 다른 개체와 만났을 때 생존 확률을 높이기 위한 무의식적인 반응이다. 신체의 과민 반응을 동반한 이 특이한 체질을 독일인들은 이디오진크라지라고 불렀다. 개인적인 습속과 기질이라고 번역해도 그 뜻이 온전히 전해지지 않아 '개인 성벽'으로 옮기기도 한다.

개인의 성향에 해당하는 이 개념이 주목받은 것은 전 세계를 경악하게 만든 나치즘 때문이다. 아리아인이 아닌 유대인을 악으로 지목하고 모두 소거하겠다는 극단적 이디오진크라지는 인류 사회에 커다란 트라우마를 남겼다. 물론 그 이전에도 광대, 집시, 동성애자에 대한 추방 등 비주류, 소수자에 대한 혐오와 배제는 있었다. 그리고 이런 인종, 장애, 동성애 등에 대한 차별과 혐오가 넓은 의미의 이디오진크라지에 포함될 수 있다.

## ∞ 타자에 대한 배려는 결국 나를 위한 일

주류, 정상, 일반, 평균에서 벗어난 대상과의 구별 짓기는 어쩌면 각자도생의 현실에서 살아남기 위한 동물적 반응에 해당할지도 모른다. 그러나 성별, 종교, 계급, 교육 정도, 국가에 따른 경계 태세는 생존과 무관한 조건 반사에 불과하다.

한발 나아가 독일의 철학자 테오도어 아도르노는 진짜와 가짜 이디오진크라지를 구별한다. 무조건 반사처럼 신체의 원초적 반응에 해당하는 본능적 거부 반응이 진짜라면, 보편과 이념의 포장지를 덮어쓴 채 개별적 취향을 극단적으로 드러내는 태도는 가짜 이디오진크라지라고 할 수 있다. 개인의 성향과 무관하게 공동체 내에서 벌어지는 혐오와 차별이 내면화되면 신체적 거부반응이 나타날 수도 있으니 말이다. 집단 무의식이 사회화 과정을 통해 개인의 의식을 지배할 때 가짜와 진짜 이디오진크라지를 구별하는 일은 매우 어려워진다. 예를 들어 고속도로 휴게소에서 들려오는 트로트 노래 소리, 미술관에 걸려 있는 추상화에 대한 반응은 '아비투스habitus' 때문이다. 아비투스는 개인의 취향이 성장 배경과 환경, 계층과 권력 등 사회·문화적 환경에 따라 결정된다는 의미로 프랑스의 사회학자 피에르 부르디외가 만든 개념이다. 오랜 시간에 걸쳐 전해지는 경험과 문화의 축적은 쉽게 바꾸거나 극복하기 어렵다. 사회 계층에 의해 결정되는 개별적 취향은 무조건 반사와 유사하다. 마치 본능처럼 신체적 반응이 나타날 수 있다. 이와 달리 이디오진크라지는 개별 주체가 통제할 수 없는 생물학적 반응이지만 유전적 요소라기보다 개별성, 문화적, 사회적 학습과 교육에 의존하는 '무의식적 조건 반사'에 가깝다.

또래 집단, 특정 직업, 지역, 세대의 폐쇄적 문화와 관습이 타자를 배제하는 태도로 나타나는 현상을 경계하지 않으면 우리는 모두 가짜 이디오진크라지 반응을 보일 수 있다. 엄기호는 《단속사회》에서 이런 현상을 "동일성에 대한 과잉 접속과 타자성에 대한 과잉 단속"이라는 말로 요약했다. 개인과 개인, 개인과 집단, 집단과 집단을 가리지 않고 우리 주위를 맴도는 차별과 혐오, 구별 짓기는 갑질 사회를 만들고 '을'들의 지옥으로 나아간다. 전쟁과 같은 극단적인 상황에서 내부 결속을 다지려고, 혹은 고단한 현실에서 분노를 표출하려고 그 대상을 찾을 때, 가장 적당한 대상은 누구일까. 대체로 힘없고 약한 자이거나 가짜 이디오진크라지 반응을 보이는 대상들이다.

작게는 일상생활에서 매일 부딪치는 이웃들을 향해, 넓게는 특정 계층과 성별, 종교, 인종, 지역, 민족을 향해 폭발하는 우리 안의 파시즘은 과연 타당한가. 차이가 차별을 만들고 차별이 혐오를 낳는 악순환을 끊으려면 다름을 인정하고 다양성을 존중하는 의식적인 노력이 필요하다. 자기 선택이 아니고 노력으로 극복할 수 없는데도 바로 그이유로 당신이 차별과 혐오의 대상이 될 수도 있다.

개방적인 태도는 언제라도 기존 질서와 생각의 프레임을 수정할 수 있는 삶의 지혜다. 자기 생각, 판단, 선택이 언제든 틀릴 수도 있다는 겸손함, 타인의 말과 행동을 헤아리는 마음이 열린 사회를 만든다. 반면 정치권의 진영 논리, 이기적 이해관계, 끝없는 순위 경쟁, 관습적 사고가 굳어지면 가짜 이디오진크라지가 고개를 든다.

그 이름과 개념이야 어떻든 인간의 삶에 질서를 부여하고 평화로운 세상을 위해 필요한 건 무엇일까? 차별과 배제가 아니라 환대와 배려가 아닐까? 네트워크로 전 세계가 연결되어 있고 SNS를 통해 일상을 공유하는 현대 사회에서 가짜 이디오진크라지의 전파와 학습은 쉽고 빠르게 진행된다. 그러므로 소수자에 대한 배려, 이방인을 향한 환대로 궁극적으로 내 삶의 가치를 높이고 스스로 행복해지는 방향으로 시선을 옮기게 해야 한다.

만들어진 이디오진크라지를 경계하고 인간의 본성에 조금 더 관심을 기울이면 다른 길이 보인다. 김연숙은 《레비나스의 타자윤리학》에서 "타자의 자리, 그 절대성을 인정하는 게 사랑이고, 그 자리가 윤리의 출발점이라는 레비나스의 '타자의 윤리학'은 아우슈비츠에서 출발한 현대사회의 비극적 통찰이다."라고 말했다. 타자에 대한 이해와 공감이 존중과 배려를 가능하게 한다. 그 존중과 배려의 타자윤리학은 결국 나를 위해 필요한 삶의 태도다. 따뜻한 시선을 나누며 저마다 다른 속도로 걷는 사람들이 어울려야 세상이 조금 더 나아지지 않음까.

# 보이지 않는 윤리

**도덕적 버퍼링**
　○

○
**Moral Buffering**

트롤리 전차가 철길 위에서 일하는 인부 다섯 명을 향해 빠른 속도로 달려온다. 당신은 이 트롤리의 방향을 오른쪽으로 바꿀 수 있는 레일 변환기 옆에 서 있다. 만약 전차의 방향을 바꾸면 오른쪽 철로에서 일하는 노동자 한 명이 죽는다. 당신의 선택은 무엇인가. 비슷한 상황으로 이번에 당신은 철로 위 육교에 서 있다. 마침 난간에 덩치 큰 사람이 기대고 있다. 그 사람을 밀쳐서 떨어뜨리면 전차가 멈춰서 다섯 명의 목숨을 구할 수 있다. 이때 당신은 그 사람을 밀어버릴 수 있을까.

이렇게 난감한 '트롤리 딜레마trolley dilemma' 실험 결과, 인종·나이·학력·종교·문화의 차이를 막론하고 레일 변환기를 당기겠다고 답한 사람이 85퍼센트, 육교 위에서 사람을 밀어 떨어뜨리겠다고 답한 사람은 12퍼센트였다. 레일 변환기를 당기는 간접적인 방법은 직접 사람을 밀어 떨어뜨리는 행위보다 죄책감이 덜하기 때문일까. 수단과 방법에 따라 사람들의 반응은 85퍼센트에서 12퍼센트로 차이가 크다. 이 심리 실험을 통해 진화심리학자 마크 하우저는 한 사람을 희생해 다섯 명의 목숨을 구하는 결과는 동일하지만, 그렇다고 목적을 위해 수단과 방법을 정당화해서는 안 된다는 결론을 내렸다. '최대 다수의 최대행복'이라는 공리주의 논리가 상황에 따라 판단이 달라질 수 있고, 도덕심이나 윤리적 가치와 충돌할 수도 있다는 사실을 단적으로 드러내는 사례다.

이와 같은 도덕적 딜레마는 빠른 속도로 발전하는 자율 주행 차량에도 적용된다. 자율 주행차는 탑승자의 안전이 최우선이다. 뒤집어 생각하면 탑승자의 안전을 위해 보행자를 해칠 수도 있다는 말이다. 탑승자와 보행자 어느 쪽이 우선일까. 사람과 달리 인공지능에 윤리적 판단을 기대하는 건 무리다. 독일 정부는 2017년 세계 최초로 자율 주행차 윤리 가이드라인을 발표했다. 이는 현재 개발 또는 실험 중인 완전 자율 주행차는 물론 일부 자동화된 차량

역시 사고의 위험이 있을 때를 대비해 소프트웨어 개발 단계에서 윤리적 의사결정이 필요하기 때문이다. 독일 정부의 가이드라인은 개인의 자율성을 보장하며, 어떠한 개인도 다른 사람보다 더 중요하거나 가치 있지 않다며 제1항부터 완전 자율 주행차의 최고 목적은 모든 도로 사용자의 안전을 최우선으로 해야 한다고 선언하고 있다. 하지만 도덕적 딜레마 문제를 완전히 해결한 상태는 아니다. 탑승자한 명인 자율주행 차량이 다수의 무단횡단자와 부딪칠 때, 무단 횡단하는 한 명과 다수가 탄 차량이 부딪치는 등 다양하고 복잡한 상황에 맞는 윤리적 대응은 생각보다 어려운 일이다.

## ∞ 착한 노예의 도덕적 딜레마

노란 옷을 입은 유치원 아이들이 일제히 손을 들고 길을 건너는 모습은 더없이 귀여워 보인다. 어린 시절 길거리에 쓰레기를 버리지 않는 건 당연한 일이었고, 분실물이나 주운 돈은 반드시 주인에게 돌아가야 한다고 믿었다. 당신은 성선설과 성악설 혹은 백지설 중 어느 쪽에 마음이

기우는가. 대체로 인간은 직관적 본능에 사회적 학습이 더해져 다른 존재로 거듭난다. 바로 그 윤리적 기준이 한 사람의 인격이며 타인과의 관계를 설정하는 척도가 된다. 스스로 고민하고 선택한 삶의 방법이 곧 각자의 윤리적 가치관이다.

이 윤리적 가치관은 부모의 양육 태도, 학교 교육, 공동체의 질서가 내면에 쌓이면서 사람마다 다르게 형성된다. 특히 인격 형성과 지적 발달에 중요한 시기를 보내는 학교의 역할은 말할 수 없이 중요하다. 이에 대해 철학자 김상봉은 《도덕교육의 파시즘》에서 "한국의 도덕교육은 착한 노예를 기르기 위한 것이었을 뿐 한 번도 긍지 높은 자유인을 기르기 위한 교육이었던 적이 없었다. 노예가 아무리 착하다 하더라도, 노예적 삶이란 결코 우리가 추구해야 할 삶의 이상일 수 없다. 우리는 그것이 우리 시대의 엄연한 시대정신이라 믿는다. 인간을 자유인으로 만들지 않으면서 오직 착하게만 만들려는 것은 언제나 불온한 시도이다."라고 비판했다. 자유인으로 만드는 도덕교육은 인간에 대한 존엄과 공동체를 위한 배려와 존중이다. 생각하는 힘을 길러 자유로운 사고의 폭을 넓히고 균형 잡힌 눈으로 전체를 바라보며 비판적인 안목으로 세상을 관찰해야 착한 노예가 되지 않는다.

그러나 대한민국 교육은 현실과 거리가 멀다. 학교를 졸업하면 대다수가 노동자, 자영업자가 된다. 이들은 사실 수요, 공급 곡선보다 노동 3권, 근로기준법, 임금 협상 등이 더 필요하다. 기업의 사회적 책무뿐만 아니라 세계적인 기업들이 ESG 경영*, RE100**에 참여하는 이유도 살펴야 한다.

개인과 사회 모두 윤리적 기준과 도덕적 가치는 미래를 위해 기본적이고 필수적으로 마음을 써야 할 문제이지만, 그럼에도 대개 학교에서는 첨예한 논쟁이 이뤄지는 사회 문제와 미래 사회의 윤리적 가치 판단에 관한 문제 등 '중요한 진실'을 회피한다. 대체로 학교는 국가가 승인하고 인정하는 것을 진리라고 주입한다. 우리는 그것을 국가 수준의 교육과정이라 부른다.

---

*     'ESG'는 기업의 비재무적 요소인 환경environment, 사회social, 지배구조governance를 뜻한다. 기업 경영의 지속가능성을 위한 3가지 요소이다. 즉 'ESG 경영'이란 친환경 및 투명한 사회적 책임 경영을 통해 지속 가능한 발전을 추구하는 것이라고 할 수 있다.

**   RE100renewable electricity 100 캠페인은 기업이 필요한 전력량의 100퍼센트를 '태양광·풍력' 등 친환경 재생에너지원을 통해 발전된 전력으로 사용하겠다는 기업들의 자발적인 약속으로 2014년 파리 협정의 성공을 위해 시작되었다. RE100 참여 기업은 2050년까지 100퍼센트 달성을 목표로 한다.

우리에겐 현실에서 부딪힐 진실을 외면하지 말고 학교에서 가르칠 윤리적 기준과 도덕적 가치를 함께 토론할 시간이 필요하다. 하지만 그보다 심각한 건 학교에서 가르치는 내용과는 다른 현실에 직면하는 각자의 도덕적 딜레마다.

## ∞ 기술 발전 시대의 도덕적 버퍼링

누군가는 하느님과 부처님에게 기대고 누군가는 유교적 전통과 관습에 의지하며 살아간다. 누군가는 부모나 선배의 가르침을 귀담아듣고 또 누군가는 철저하게 자본주의 논리를 수용한다. 자기 삶의 기준에 따라 목적지와 방향이 바뀐다. 개인뿐 아니라 사회, 국가도 마찬가지다. 기술 발전 시대를 맞이해서 우리는 비대면 시대에 발생하는 다양한 도덕적 딜레마를 해결해야 한다.

드론 조종사들의 사례를 살펴보자. 드론 조종사들은 전투기 조종사들보다 더 심각한 '외상 후 스트레스 장애PTSD'에 시달린다고 한다. 신체적 위험은 없으나 그보다 훨씬 더 심각한 정신적 위험에 노출되기 때문이다. 모니터

위의 점으로 환원되는 목표물이 사실은 살아 있는 사람이라면? 대량 살상이 가능한 무인 항공기나 드론 조종사들은 폭력성과 살인에 점점 둔감해진다. 이런 현상을 프랑스 철학자 그레구아르 샤마유는 '도덕적 버퍼링moral buffering'이라 명명했다. 전통적 전쟁과 달리 오늘날의 전쟁은 군인과 무기를 구별할 수 없고 드론의 존재도 분명하게 보이지 않는다. 그러나 시간이 지나 도덕적 버퍼링 효과에 대한 죄책감이 드론 조종사를 엄습하는 순간, 심각한 외상 후 스트레스 장애가 발생한다.

과학기술이 발달하면서 현실과 가상공간을 구별하지 못하는 사람이 늘고 인간의 도덕 체계도 점차 다른 양상을 띠고 있다. 윤리적 기준이 급격한 기술 발달의 속도를 따라가지 못한다. 공동체가 합의할 수 있는 사회 윤리는 기술의 발전, 사람들의 태도 변화를 따라가기 바빠서 언제나 한발 늦게 사람들이 지나간 자리에 도착한다. 이미 벌어진 상황을 정리하고 사람들의 말과 행동을 성찰하는 게 윤리적 기준의 필연적 과정이라면 어쩔 수 없지만 이로 인해 인간의 존엄성에 대한 가치가 흔들려선 안 된다. 연예인과 인플루언서 등에 대한 악플, 일반인이 겪는 다양한 사이버 폭력은 모두 현대인이 겪는 도덕적 버퍼링의 단적인 예다. 인터넷과 가상공간에서 벌어지는 모든 폭력은 마치 드론을 조종하듯 자기 얼굴과 이름을 감춘 채 인간의 악마적 본성을 드러낸다. 물리적 폭력이 아니라는 변명으로 각자의 도덕적 버퍼링을 극복할 수는 없다.

러시아는 이란제 전술 드론 '샤헤드-129'로 우크라이나를 밤낮으로 폭격했다. 이에 맞서 우크라이나에서는 경찰과 국방경비대 등으로 구성된 드론 사냥 부대가 결성됐다. 특수부대 출신 군인, 돼지 키우던 농부, TV 방송기자 등 다양한 사람들이 모여 무인 공격용 드론에 맞서 싸웠다. 현대전은 사람이 아닌 기계, 실체 없는 대상과의 허망한 싸움이다. 전통적인 방식의 전쟁과 달라졌으니 군인들이 느끼는 도덕적 죄책감, 윤리적 책임 의식도 예전과 같지 않다. 군인뿐 아니라 우리도 이기적 욕심과 윤리 의식 사이에서 갈등하며 도덕적 딜레마에 빠질 때가 많다.

우리가 사는 세상의 법질서는 도덕의 최소한이다. 서로 다른 도덕적 기준으로 인한 충돌과 갈등을 막기 위한 최소한의 수단이다. 개인과 개인, 개인과 사회의 관계에서 옳고 그름은 쉽게 정의할 수 없다. 자기만의 상식, 자기만의 노덕, 자기민의 정의가 있을 뿐이다. 그것을 강요하거나 타인의 기준을 부정하는 순간 혼란은 피할 수 없고 폭력과 전쟁은 필연이다.

## ∞ 결국은 공정과 정의에 관한 기준

마이클 샌델은 《정의란 무엇인가》에서 "사회가 정의
로운지 묻는 것은 우리가 소중히 여기는 것들, 이를테면
소득과 부, 의무와 권리, 권력과 기회, 공직과 영광 등을
어떻게 분배하는지 묻는 것이다. 정의로운 사회는 이것들
을 올바르게 분배한다."라고 말했다. 각 개인에게 합당한
몫을 분배할 때, 누가 왜 받을 자격이 있는지에 대한 기준
이 곧 우리 사회의 공정과 정의의 기준이다.

우리 사회의 관심사인 '공정과 정의'는 언제나 자유와
평등의 가치보다 뒤에 있었다. 단지 개인과 사회가 합의하
지 못해 불만과 갈등이 고조되는 공동체의 윤리일 뿐이었
다. 그러나 문제는 공정하고 정의로운 사회에 필요한 규칙
과 질서를 조정하는 이들이 언제나 부와 권력을 거머쥔 기
득권자들이라는 데 있다. 존 롤스가 주장한 대로 그들이

원초적 입장original position에서 '무지의 베일veil of ignorance'*
을 쓰고 공정하고 정의로운 세상을 만들어줄까?

　개인의 도덕과 윤리, 사회적 정의도 시대에 따라 변해
왔다. 그러므로 비판적 시선으로 세상을 보고 성찰하는 태
도로 자신을 돌아봐야 한다. 전차를 멈추기 위해 육교 밑
으로 사람을 밀어버려야 하는 상황이 아니라 눈에 보이지
않는 수많은 사람을 폭격하는 드론 조종사의 관점으로 세
상을 바라보자. 물론 '도덕적 딜레마'에 관한 심리실험이
아니라 실제 현실에서 벌어지는 전쟁이라면 이야기가 매
우 심각해지지만 도덕적 버퍼링 상태로 버벅거릴 여유가
없다. 버벅거리다가 우리가 감당해야 할 고통이 커질 수
있다.

━━━━━

*　존 롤스의 《정의론》에서 나오는 개념이다. 시민의 대표자들이 시민의 능력,
재산, 신분, 젠더 등의 사회적 조건을 알 수 없는 '무지의 장막' 뒤편에 서면
어떤 계층에 특별히 유리하거나 불리하지 않도록 조화로운 사회적 합의를
이끌어낼 수 있다는 주장이다. 이런 '원초적 입장'에 서야 모두가 평등하고
공정한 합의를 할 수 있다는 것이다. 이렇게 완벽하고 공정한 사람이 과연
현실에 있을까?

# 누구에게 이익이 돌아가는가

| 쿠이보노 | Cuibono |
|---|---|

"자, 앉아서 쉬기에는 늙은 나무 밑동이 그만이야. 애야, 이리로 와서 앉으렴. 앉아서 쉬도록 해." 소년은 그렇게 했습니다. 그래서 나무는 행복했습니다.

모든 것을 줄 수 있어서 행복했다는 《아낌없이 주는 나무》의 피날레다. 아이의 놀이터였던 나무는 아이가 자라 돈이 필요하다고 하자 사과 열매를 팔라고 내어준다. 집이 필요하다고 하자 가지를 베어 집을 짓도록 허락한다. 그리고 가진 것을 다 내어준 나무는 병들고 늙은 아이에게 마지막 안식처를 제공한다. 아낌없이 주는 일이 관연 가능한가 싶은 이 우화는 많은 사람에게 여전히 깊은 감동을 준다. 아이에게 읽어주는 동화책이 오히려 자식에 대한 부모의 사랑을 대변하는 듯하다. 각박한 세상에서 만날 수 없는 나눔과 배려의 태도다.


## ∞ 관계에 따라 엇갈리는 생각들

하지만 '아낌없이 주는 나무' 같은 양육 태도는 아이에게 잘못된 인식을 심어줄 가능성도 크다. 더군다나 연인, 친구 사이에서는 이런 관계가 오래 유지되기 어렵다. 기울어진 관계는 부담으로 작용한다. 누가 더 배려하고 사랑하는지에 따라 말과 행동이 달라진다. 사람과 사람 사이의 정확한 평등은 불가능하다. 그걸 기대하면 오히려 상처와 고통만 남는 경우가 많다. 혈연과 감정으로 맺어진 관계도 아낌없이 줄 수는 없다. 아낌없이 준다고 해도 오랜 시간에 걸쳐서 혹은 간접적으로 돌려받는다.

이해관계로 얽힌 사회적 관계는 두말할 필요도 없다. 직장 동료나 동네 이웃과 맺은 끈끈한 우정과 연대감을 폄훼하려는 게 아니다. 돌려받을 생각은 없었으나 자신의 배려와 관심에 메아리가 없으면 상처받을 수 있다. 그러나 나누고 배려하는 마음도 선순환을 이룰 수 있다. 주고받는 행위가 경제적 이익이나 심리적 안정을 넘어 집단지성을 만들어내고 부분의 합보다 더 큰 시너지 효과를 발휘한다면 말이다. 인류는 개인보다 공동체를 통해 슬픔과 고통을 덜고 기쁨과 이익을 배가시키며 문명을 이룩해왔다. 물질적으로든 심리적으로든 모든 인간은 상호작용을 통해 관계를 이어간다. 세상을 살아가는 효율적이고 매우 유용한 도구로서 관계는 모두에게 '이익'을 준다.

아이러니하게도 문제는 바로 이 지점에서 발생한다. 누가 더 큰 떡을 가져가는가. 모두에게 똑같이 나누지 않는다. 우리 사회는 남성과 여성, 비장애인과 장애인이 섞여 있고 개인의 능력과 필요가 천차만별이다. 문제가 복잡해졌을 때, 누군가는 능력이 닿는 만큼 일하고 필요한 만큼 가져가자고 말한다. 자본주의 원리는 생산수단의 소유와 노동력 제공 여부에 따라 이해관계가 달라진다. 또 경제 성장과 분배 문제는 언제나 각자의 이익에 따라 생각이 엇갈린다. 이것이 현실 정치의 이념 대립으로 나타나고 정당의 정강, 정책의 차이를 만든다. 교육, 국방, 복지, 세금 등 예산 집행의 우선순위가 달라지면 누가 더 혜택을 받는지 선명하게 보인다. 세상을 보는 관점과 태도에 따라 정치적 이념도 결국 경제 문제로 귀결된다고 해도 과언이 아 니다.

어느 방향이든 사람이 어느 한쪽으로 치우치게 되면 결국엔 경로를 벗어나 버린다. 관점에 따라 같은 것도 다 르게 볼 수 있다는 말에는 만약 아무런 태도나 입장을 취 하지 않는다면 무엇도 볼 수 없다는 점이 전제되어 있다. 요컨대 우리는 의미 있는 무언가를 보는 것이 아니라, 우 리가 보는 무언가에 의해 의미를 부여하고 있는 셈이다. 사실 개인과 개인, 개인과 사회에서 벌어지는 모든 갈등 의 근본적인 원인은 이해관계다. 경제사범, 부정부패, 정 치 뉴스를 살피면서 우리는 감정적 분노 혹은 냉소를 참지 못한다. 일상에서 벌어지는 조그만 일들도 크게 다르지 않 다. 윤리적 가치 판단뿐 아니라 법질서에 관한 규범 문제 도 친하냐, 친하지 않느냐에 따라 다르게 판단한다.

## ∞ 상반된 이해관계가 사건의 핵심이다

키케로는 법정에서 선량한 시민의 무죄를 주장한다. 기원전 80년경 고대 로마에서 아버지를 살해한 혐의로 기소된 섹스투스 로스키우스의 변론문에서 이 사건으로 "누구에게 이익이 돌아가는가?"*라고 묻는다. 아버지가 죽어 가장 큰 이익을 보는 사람이 아들이 아니라면 아들이 아버지를 살해할 이유가 없다는 주장이다. 이 한마디의 결정적 질문이 좌중을 압도했다.

수사학修辭學, rhetoric은 그리스·로마 시대, 정치연설이나 법정에서의 변론에 효과를 올리기 위한 화법에서 기원했다. 법정에서 이성적이고 논리적인 근거로 설득하지 못하면 유죄로 사형당할 수도 있다. 이 절체절명의 순간에 동원된 합리적인 의심이 바로 '쿠이보노cuibono', 즉 누구에게 이익이 돌아가는지 살피라는 절규다. 고대 로마인들이 던진 이 질문은 원인을 모르는 일이 벌어졌을 때 가장 먼저 그 사건이 누구에게 도움이 되는지 질문하라는 의미로 지금도 사용된다. 이해관계를 떠난 인간관계를 맺기도 어렵지만, 반대로 이해관계가 없는 사건과 사고도 찾아보기 힘들기 때문이다.

---

* 로마 사람들이 매우 정직하고 현명한 재판관으로 평가했던 루키우스 카시우스가 재판에서 습관적으로 "누구에게 이익이 돌아가는가?"라고 물었고 키케로가 이 말을 다시 인용했다는 이야기가 전해진다.

동양에도 이와 같은 가르침이 있다. 중국 전국시대 법가사상을 대표하는 《한비자》 제31편 '내저설 하 육미內儲說下六微'에는 신하들의 여섯 가지 기미, 즉 '육미六微'를 잘 살피라는 내용이 나온다. 권세를 신하에게 넘기지 말라(권차權借), 임금과 신하의 이익은 서로 다르다(이이利異), 애매한 점을 이용하라(사류似類), 상반되는 이해를 살피라(유반有反), 아랫사람들의 세력을 살펴라(참의參疑), 신하의 등용을 밝게 하라(폐치廢置)이다. 그중 상반되는 이해를 살펴보라는 유반의 내용이 '쿠이보노'에 해당한다. 어떤 일이 벌어졌을 때 이익을 얻는 자가 있으면 그자가 그 일을 일으킨 자이며, 손해를 보는 자가 있으면 그로 인해 이익을 얻는 자를 찾아보아야 한다는 내용이다. 지혜로운 군주는 나라에 해로움이 생겼을 때 그로 인해 이익을 본 자를 살피고 해를 입은 백성이 있으면 그 반대 상황에 있는 자를 살펴야 한다는 충고이다. 서로 이해관계가 충돌하는 사건에서 합리적인 의심과 이성적인 판단의 근거로 '이익'과 '손해'를 두는 것은 일견 당연해 보인다. 상반된 이해관계는 사건을 파악하는 핵심이다. 최근 우리 사회를 혼란스럽게 했던 수많은 사건의 핵심을 다시 살펴보자. 진영논리에 따라 어느 쪽을 편들거나 합리화하는 언론과 경찰과 검찰의 주장 대신 누구에게 이익이 되었는지를 따져보면 복잡한 사건들을 의외로 간단하게 파악할 수 있다.

정치인도 국민도 각자의 이익과 욕망에 따라 움직인다. 국회에서 통과되는 각종 법안, 정부가 시행하는 다양한 정책을 판단하는 근거는 무엇일까. 선거제도는 물론 각종 법과 질서의 공정함, 절차적 정당성이 확보되지 않으면 공동체는 앞으로 나아갈 수 없다. 과연 소수가 '이익'을 독점하고 세습하며 나눠 갖는 사회가 지속될 수 있을까?

이는 개인의 삶에도 그대로 적용된다. 자신에게 이익이 되는지를 따져 관계를 맺고 움직이는 사람은 좋은 사람이라고 말하기 힘들다. 인간은 관계를 통해 행복을 느끼고 벅찬 감동을 경험한다. 그것은 사랑받는 사람보다 사랑하는 사람에게 주어지는 특권이다. 이해관계만을 쫓아 사는 사람의 뒷모습은 쓸쓸하다. 사적인 관계에서는 아낌없이 주는 관계가 행복할 때도 있으나 공적 영역에서는 냉정하고 합리적인 판단이 공동체 전체를 살리는 길이다. 때로는 '쿠이보노'보다 이후의 선택과 결정이 더 어렵다.

## ∞ 공정하게 처리하는 일의 기준

구약 시대 의인 욥job*은 가혹한 고난을 견뎌내고 믿음을 굳게 지킨 시련과 인내의 대명사로 간주한다. 세계에서 가장 유명한 독서가이자 아르헨티나 국립도서관장인 알베르토 망겔은 《끝내주는 괴물들》에서 "욥은 눈에 보이는 보상도 없이 끝없는 고통만을 당하고 있다. 여기서 우리는 묻지 않을 수 없다. 욥은 대체 언제까지 견뎌야 하는가? 얼마나 더 많은 것을 빼앗기고 나서야 욥은 이 모든 불공정이 결단코 용납 불가능한 일이었음을 인지할까? 언제쯤에야 욥은 로마인 재판관처럼 '쿠이보노'라고, 즉 이 모든 일에서 누가 이익을 얻느냐고 물을 것인가? 그의 가축, 땅, 노동의 결실을 누가 소유하는가? 그의 자녀들은 누구 때문에 죽었는가? 사람은 언젠가 권력자의 독단적 결정에 맞서 자신을 변호할 의무가 생기는가? 얼마나 더 많은 권리를 빼앗기고 나서야 욥은 '이만하면 충분해'라고

---

*  욥의 이야기를 다룬 '욥기'는 구약성서의 한 책으로, 부유하고 화목한 가족과 함께 선싱했던 욥이 많던 개산은 다 잃고 노숙자가 되고 자녀까지 잃는다. 또 온몸에 종기가 나서 심한 고통을 겪는다. 그럼에도 그는 신을 원망하지 않고 믿음을 지키며 모든 시련을 견뎌낸다.

말할 것인가?"라며 사탄의 내기는 아직도 계속되고 있다고 말한다.

왜 선한 사람들이 고통을 받는지에 대한 종교적 해답은 현실을 사는 우리에게 설득력이 없다. 종교적 가르침이 아니라 내 삶의 고통과 좌절을 극복하고 올바른 판단과 선택을 위한 질문 "누구에게 이익이 돌아가는가?"는 계속되어야 한다.

세상을 살며 혼란스러운 상황에서 쿠이보노는 유용한 삶의 지침이다. 타인의 말과 행동을 판단할 때나 사회적 이슈와 정치적 쟁점을 이해할 때도 마찬가지다. 누구의 말이 옳은지 그른지, 정치인과 위정자들의 엇갈린 말들이 오갈 때, 주변 사람들의 말과 행동이 모순될 때 쿠이보노를 따져보면 의외로 쉽게 정리된다. 만능열쇠처럼 모든 일을 '이익'의 유무로 판단할 수는 없지만 적어도 모호한 상황과 혼란스러운 일들을 공정하게 처리하는 기준은 될 수 있다.

자신에게 이익이 되는지를 따져
관계를 맺고 움직이는 사람은
좋은 사람이라고 말하기 힘들다.
인간은 관계를 통해 행복을 느끼고
벅찬 감동을 경험한다.

# 부딪치더라도 질문을 멈추지 말자

| 노시보 효과, | Nocebo effect, |
| 위약 효과 | Placebo effect |

　　뉴욕 그리니치빌리지의 고시원에 사는 무명 화가 존시는 폐렴에 걸려 사경을 헤맨다. 수의 간호를 받고 있으나 삶에 대한 희망을 놓은 지 오래다. 창가에 놓인 그의 침대 밖으로 담쟁이덩굴이 보인다. 존시는 삶의 의지를 포기한 채, 거기 달린 마지막 잎새가 떨어지면 자신도 죽는다고 굳게 믿는다. 나뭇잎과 자신을 동기화해서 부정적 미래를 기다리며 모든 걸 내려놓는다. 이 염세적인 젊은이를 살리기 위해 폭풍우가 매섭게 몰아치던 그 밤에, 이웃집의 나이 든 화가 베어먼이 나뭇잎 하나를 벽에 그려두고 자신은 폐렴에 걸려 죽는다. 존시는 이 그림을 심한 비바람을 견딘 진짜 나뭇잎으로 착각하며 기운을 회복하고 병세도

완전히 회복된다. 가난하고 절망적인 근대 자본주의 사회의 소시민들에게 희망과 격려를 보낸 오 헨리의 단편 〈마지막 잎새〉의 내용이다. 괜찮다고, 희망을 품으라고, 내일은 조금 더 나을 거라고.


## ∞ 자기긍정보다 자기 객관화가 먼저다


경쟁에서 살아남기 위한 노력은 오늘을 사는 사람들의 운명이다. 우리는 보다 나은 삶을 꿈꾸며 현실을 견디고 내일을 위해 열심히 달린다. 희망과 절망 사이에서 길을 잃어도 하루하루 최선을 다한다. 그리고 매일 최고가 되겠다는 다짐과, 성공을 향한 열망을 실현하기 위해 나는 할 수 있다고 주문을 왼다. '비비디 바비디 부' 신데렐라의 호박이 마차로 변하는 마법은 꿈을 현실로 만들기 위한 자기암시일 뿐. 자신이 조각한 여인상을 사랑하게 된 피그말리온을 안타깝게 지켜본 아프로디테가 그의 소원을 들어주어 조각상이 인간으로 변신한다는 이야기는 현실에서 일어날 수 없다. 어떻게 낙판직 지기 안시가 현실 문제를 해결해준다는 말인가. 말한 대로 이루어져라, '아브라카다

브라'. 고대 히브리어 주문은 스스로 마음의 위로를 받기 위한 수단일 뿐이다.

주변을 둘러보며 자신의 환경, 현실적 조건을 직시하고 그곳에 단단히 발을 디디고나서 주문을 외워보자. 꿈과 희망이 다른 이유는 각자 서 있는 자리가 다르고 능력 차이가 분명하기 때문이다. 출발선이 다르고 소외된 사람들의 좌절과 절망을 단지 개인의 능력 탓으로만 돌릴 수는 없다. 타석에 들어설 수 있다는 사실만으로도 행복한 사람이 있고, 1루에서 태어난 게 억울하고 불만인 사람도 있다. 어느 쪽이든 그 자리가 자기 능력과 의지만으로 얻은 것이 아니라는 사실을 깨달으면 저절로 겸손해진다. 자기 긍정과 낙관적 희망은 자신을 객관화할 때라야 미래를 밝히는 빛으로 작용한다.

## ∞ 개인에게 실패의 책임을 지우는 사회에서 희망 찾기

의학적 판단보다 환자의 심리 상태가 질병에 미치는 영향이 생각보다 크다는 사실은 잘 알려져 있다. 삶에 대한 의지와 완치된다는 신념은 밀가루 반죽으로 만든 알약으로도 증세가 호전되는 '위약 효과placebo effect'를 얻는다. 반대로 약효에 대한 불신과 염려와 같은 부정적인 기대로 치료 결과가 좋지 않은 현상을 '노시보 효과nocebo effect'라고 한다. 존시에게 창밖의 나뭇잎은 노시보 효과로 나타났다. 자기 노력과 의지로 현실 개선의 기미가 보이지 않을 때 마음은 한없이 약해지고 자신이 가진 것을 부정하고 세상을 향해 분노한다.

개인의 성향인 태도나 특성에 대하여 다른 사람에게 무의식적으로 그 원인을 돌리는 심리적 현상인 '투사'는 심리적 자기 방어기제다. 죄의식, 열등감, 공격성과 같은 감정을 타인에게 돌림으로써 현실을 부정하고 책임을 회피하려는 전략은 상처에 바르기 좋은 마취제 역할을 한다. '다 네 탓이잖아!' 노시보 효과는 부정적 현실과 자포자기의 심정을 동일시하는 심리 상태를 의미한다.

모든 책임을 개인에게 지우는 사회에서 실패는 개인의 노력과 의지 부족으로 귀결된다. 그래서 경쟁선에 서지 못한 타인을 혐오하고, 경쟁의 소용돌이에서 헤어나지 못하고 가정형편, 비관적 상황에 귀책 사유를 돌린다. 근본적인 원인을 진단하고 희망을 찾는 일까지 모두 개인의 몫으로 돌리는 건 잔인하다. 그러나 모든 일이 세상 탓이라며 외부에 투사한다고 해서 내 문제가 해결되지는 않는다.

늙은 화가 베어먼이 벽에 그려서 남긴 마지막 잎새는 한 인간의 삶을 구원한 인생 최고의 걸작이 되었다. 마지막 잎새와 자신을 동일시하던 존시에게 다른 삶의 출발을 도운 건 결국 수, 베어먼 같은 이웃이다. 함께 걸어야 한다. 희망은 바로 거기에 숨어 있다.


## ∞ 피그말리온과 플라시보가 만났을 때

칼 포퍼는 《과학적 발견의 논리》에서 과학은 연역적 추리를 통해서만 진보할 수 있다며 귀납적 추론을 거부하라고 했다. 간절한 사랑이 이뤄지는 고대 그리스의 피그말리온 신화나 고달픈 삶에 희망을 주는 오 헨리의 〈마지막 잎새〉도 감동이지만, 희망이 이뤄지는 근본적인 원인을 연역적으로 추론하는 게 합리적이라는 의미다.

사람마다 기준이 다르겠지만 성공한 인생, 만족스러운 삶, 행복한 인상은 두 가지로 나눠 살펴야 한다. 매슈 사이드의 《베스트 플레이어》를 참고해 보자.

첫째, 주관적이고 내면적인 척도다. '베스트 플레이

어'는 자신과 경쟁한다. 세상에서 나만이 할 수 있는 일, 내가 하고 싶은 일과 방식을 찾아 즐겁게 하다 보면 의미 있는 성취를 이룰 수 있다. 스스로 즐기는 삶, 자기만족으로 충만한 일상이 무엇보다 중요하다. 우리는 최고가 아니라 베스트 플레이어, 즉 축적된 훈련으로 다져진 최선의 삶을 살기 위해 노력한다.

둘째, 객관적이고 외부적인 조건이다. 누구에게나 평등하게 적용되는 공동체의 법과 질서, 절차적 민주주의가 불평등을 해소하고 공정한 세상을 만든다. 이런 세상을 만들기 위한 적극적인 사회참여와 실천이 내 삶을 개선한다.

바버라 에런라이크는《긍정의 배신》에서 "기업은 동기 유발 강사를 초빙하는 한편, 해고되어도 불평하지 말라고 조언하는《누가 내 치즈를 옮겼을까?》같은 자기계발서를 무료로 배포하여 긍정적 관점을 의식적으로 주입하려 한다."라며 긍정 이데올로기의 위험성을 경고했다. 가난, 실업, 장애, 질병, 죽음 등 우리를 고통스럽게 하는 부정적 상황을 극복하는 방법이 낙관적 자기암시와 긍정적 태도만 있을까.

니체는 정신의 세 난계 변회를 나타, 사자, 어린아이에 비유했다. 무거운 것을 견디는 '낙타'의 단계를 지나 기존의 가치를 부정하는 '사자'의 단계, 그리고 있는 그대로의 나를 의미하는 '어린아이'의 단계에 도달한다는 것이다. 여기에서 두 번째 단계인 사자는 자유 정신을 상징한다. 이 자유 정신은 기존의 가치, 기존의 관습, 기존의 규범, 기존의 관계를 파괴할 수 있는 부정의 힘이다.

요즘 유행하는 자기계발서를 보면 흔히 '긍정의 힘' 이야기를 많이 하는데, 그 긍정의 힘조차도 부정할 줄 아는 능력으로부터 나온다. 주체적으로 살기 위해서는 자기 최면에서 깨어나려는 용기가 그 출발점이다. 내적인 기준과 외부의 요인을 살펴 빨간 약과 파란 약* 중 어느 쪽을 선택할지 스스로 결정해야 한다. 과학적인 방법으로 문제의 원인을 진단한 후에 자기 기준에 맞는 치료 방법을 고민하는 태도가 옳다.

사람은 합리적인 존재가 아니라 합리화하는 존재다. 과학적 사고와 논리적 판단만으로 세상을 살 수는 없다. 때로는 술에 비틀거리며 전봇대와 부딪치고 맨홀에 낀 하

---

\* 영화 〈매트릭스〉에서 주인공 네오가 망설이다가 빨간 약과 파란 약 중 어느 하나를 삼키고 맹목적으로 하나의 세계를 믿게 된다. 영화에서 빨간 약은 혼돈스럽고 고통스러운 진실의 모습을 보는 것이고, 파란 약은 진실을 보지 못하고 거짓의 세계에서 평범한 일상이 계속 된다고 한다.

이힐의 뒤꿈치가 부러질 수도 있다. 인간의 욕심은 끝이 없고 똑같은 실수를 반복한다. 인간의 흑역사는 이를 증명하고도 남는다. 그래도 우리에겐 절망할 권리가 없다는 말을 믿는다. 독일의 음유시인 볼프 비어만의 말대로 "이 시대에 희망을 말하는 자는 사기꾼이다. 그러나 절망을 설교하는 자는 개자식이다." 뿌연 안갯속에서도 삶을 멈출 수 없다. 이성과 감정, 긍정과 부정, 경험과 직관 사이를 헤매더라도 한 걸음씩 앞으로 나아가야 한다. 걷고 또 걸으며 질문을 멈추지 말자. 자기 삶의 이유를 묻고 방향과 태도를 고민할 시간이다.

# 감각형과 직관형 사이에서

| 휴리스틱 | Heuristics |
|---|---|
| ○ | ○ |

바닥을 딛지 않고 날아오르는 비행기는 없다. 푸르른 창공에서 유유히 활강하는 새도 나뭇가지에서 힘차게 날개를 퍼덕이며 중력을 이겨낸다. 인간도 마찬가지다. 숱한 시행착오를 거치면서 후회하지 않을 선택을 하려고 노력한다. 그리고 이 과정을 거치고 나면 김치찌개를 끓이고 산책 코스를 정하고 쇼핑할 때마다 고민하지 않고 누적된 노하우를 활용하게 된다. 그래서 습관적으로 행동하고 무의식적으로 사고하는 경우가 많아지는 것이다.

## ∞ 우리에게 필요한 오컴의 면도날

저녁 메뉴를 고르는 일부터 직업을 선택하고 배우자를 정하는 등 일의 무게가 전혀 달라도 우리 뇌가 작동하는 방식은 비슷하다. 축적된 경험과 지식을 총동원해서 기존 데이터를 수정하고 합리적으로 생각하려고 노력을 다한다. 그런데 결정적인 순간에는 개인의 취향, 성격, 상황이 더 많은 영향을 미친다. 일상적인 일들은 두말할 필요도 없다.

'휴리스틱heuristics'은 시간이나 정보가 불충분하여 합리적인 판단을 할 수 없거나, 굳이 체계적이고 합리적인 판단을 할 필요가 없는 상황에서 신속하게 사용하는 어림짐작의 기술이다. 사람들은 일상생활에서 부딪히는 상황마다 체계적이고 합리적인 판단을 위한 시간을 투자하기 어렵다. 모든 정보를 종합적으로 판단하려면 상당한 부담을 느끼게 된다.

문제는 우리 뇌가 활용하는 휴리스틱은 때와 장소를 가리지 않는다는 데 있다. 몇천 원짜리 물건을 고를 때와 수백만 원짜리 가전제품을 고를 때 들이는 시간과 노력에 큰 차이가 없다는 연구 결과는 비합리적인 인간의 사고와 행동 패턴을 다시 보게 한다.

배가 기울어 침몰하는 절체절명의 순간에 긍정적인 사고는 참혹한 비극을 초래한다. 추락하는 비행기 조종사의 냉정한 판단으로 수백 명의 승객을 살린 사건은 이와 대비된다. 찰나의 상황 판단, 직관적인 통찰력이 눈 깜짝할 사이에 운명을 가른 순간이다. 이런 '적응 무의식'은 우리가 인간으로서 존재하는 데 필요한 많은 데이터를 신속하고 조용하게 처리하는 일종의 거대한 컴퓨터라고 할 수 있다. 다만 수집된 엄청난 정보에 의한 판단이 실제 정확성과 점점 더 멀어질 수도 있을 때는 단 1초나 2초라도 세세한 면에 조심스럽게 주의를 기울일 때 더 좋은 결과를 얻는다.

모든 지식과 정보를 동원해서 며칠을 고민할 때와 직관에 의한 느낌으로 선택할 때 어느 쪽이 현명하고 올바른 판단을 하게 될까? 때때로 사람들은 깊이 고민하고 합리적으로 판단할 일과 아무 생각 없이 마음 가는 대로 해야 하는 일을 구별하지 않는다. 쓱 보기만 해도 사건의 인과 관계를 꿰뚫어 보는 일은 셜록 홈스나 제갈량처럼 부분과 전체를 살피는 통찰력이 뛰어난 인물에게나 가능하다. 자기 인생을 돌아보면 아쉽고 후회하는 일이 많다. 미련없는 인생이 있을까마는 역사에 가정법은 없다. 지나간 시간은 돌아오지 않는다. 과거의 경험과 기억이 현재와 미래의 판단 기준이 된다. 그러나 우리는 여전히 또 다른 실수와 시행착오를 겪으며 산다.

게으르고 효율적인 뇌의 작동 방식이 휴리스틱이라면 '통찰력'은 누적된 사유의 힘이다. 지식과 정보, 개인적 경험의 총체적 합일이 지혜로운 사람으로 거듭나게 한다. 즉 물적이고 일시적인 판단과 임기응변이 본능적 휴리스틱에 가깝다면 통찰력은 전체적인 상황을 살피고 장기적인 안목을 갖춘 지혜라고 할 수 있다. 순간적인 판단과 심사숙고, 어느 쪽이 옳고 그르거나 맞고 틀렸다고 단정하기 어렵다. 일의 경중과 장단기적 영향에 따라 휴리스틱과 통찰력이 조화를 이룬다면 더할 나위 없다.

휴리스틱의 가장 큰 장점은 효율성이다. 단순하고 직관적이라는 측면에서 '오컴의 면도날occam's razor'과 유사하지만 차이가 분명하다. '오컴의 면도날'은 논리 절약의 원칙에 의해 불필요한 가정을 잘라내면 가장 단순한 것이 진실일 가능성이 높다는 의미다. 영국 프란치스코회 수도사였던 오컴 출신 윌리엄은 '필요 없이 복잡하게 만들지 말 것'을 주장했다. 우리는 살아가면서 쓸모없는 논리의 비약과 근거 없는 설명 등을 단번에 잘라내야 할 때가 많다. 단순하고 분명한 일을 복잡하고 혼란스럽게 만들 이유가 없다. 그렇다고 해서 오컴의 면도날이 단순한 게 무조건 아름답다는 주장은 아니다. 조건이 동일할 때라는 전제를 망각하면 효율성의 노예가 될 수도 있다. 오컴의 면도날은 진리는 항상 단순함에서 찾아야 한다는 아이작 뉴턴의 주장과도 같은 맥락이다. 세상사의 이면을 살피는 안목과 논리적인 사고력이 복잡한 세상을 심플하게 만드는 힘이다.

## ∞ 신뢰를 포기한 세상을 살아갈 수 있을까

누군가에게 사기를 당하거나 배신감에 치를 떨어본 적이 있는가. 지난 일을 돌이켜보면 자신이 한심하고 이해가 가지 않을 때가 있다. 그러나 우리는 이 과거가 끔찍했더라도 '타인은 신뢰할 만하다'라는 것을 기본값으로 놓는다. 그 진실이 최선이라고 믿는다. 그러지 않으면 우리 사회는 굴러가지 않을 것이다.

신뢰가 배신으로 끝나는 경우에 그 진실을 기본값으로 놓은 것 때문에 피해당한 사람들은 비난이 아니라 동정을 받아 마땅하다고 믿는다. 믿음이 디폴트이다. 신뢰를 기본값으로 놓지 않으면 어떻게 세상을 살 수 있을까. 타인을 신뢰하는 우리의 본성이 모독당하는 상황은 비극이다. 하지만 그 대안, 즉 약탈과 기만에 맞서는 방어 수단으로 신뢰를 포기하는 것은 더 나쁘다. 휴리스틱에 의한 선택과 판단을 후회해도 소용없고, 깊은 고뇌의 결과에 따라 행동해도 부질없을 때가 있다.

신뢰는 단순한 호감이 아니라 이성적 판단에 기초해 이루어져야 한다. 하지만 안타깝게도 많은 사람이 가까운 사람에게 신뢰를 잃어본 경험이 있다. 신뢰를 저버린 사람이 나빠서만이 아니라 현명하게 신뢰하지 못했기 때문일 수도 있다. 사람에게 실망만 할 게 아니라 타인을 신뢰하는 자신의 기준과 안목을 살펴볼 필요가 있다. 신뢰의 가장 중요한 기준은 '예측 가능성'이다. 누군가 어떤 말과 행동을 할지 합리적으로 예측할 수 없다면 그 사람은 대개 신뢰할 수 없는 사람이다.

현대인은 인간관계에서 느끼는 스트레스가 어느 때보다도 심각하다. 이전과 비교할 수 없을 만큼 시공을 뛰어넘는 다양한 관계 양상 때문이다. 이는 상황에 따라, 사람에 따라 차이가 있겠으나 대체로 타인에 대한 오해와 편견에 의해 자기 자신이 스스로 속는 경우가 많다. 사람들은 타인과 관계를 맺는 방법과 깊이가 제각각이다. 하지만 신입사원을 선발하듯 상세한 정보를 바탕으로 한 사람의 면면을 꼼꼼하게 살피고 분석하지는 않는다. 그렇게 사람은 저마다 나름의 방식으로 직관과 느낌을 믿으며 산다.

대인 관계의 비밀을 설파하는 책, 성공에 이르는 지름길을 안내하는 전문가가 차고 넘친다. 세상을 살아가는 목적과 방법은 결국 자신의 인생관이나 가치관에 따라 달라질 수밖에 없다. 그것이 즉흥적 휴리스틱이든 세상을 관찰하는 통찰력이든 자기 삶이 어디로 흘러가는지 직시해야 하는 이유다.

시간

ⓒ 박관홍

나이가 들면

사람들은 대부분 추억을 더듬기 마련이다.

지나간 모든 것은 아름다워지는 법이라지만

우리에게 주어진 시간은 현재와 미래다.

비슷하지만 조금은 다른 시간이 기다린다.

과거에 머물지, 조금 다른 삶을 꿈꿀지는

온전히 각자의 몫이다.

# 노을 아래서 춤을 춘다는 건

| 타나토스 | Thanatos |
|---|---|

"어느 날 나는 해가 지는 걸 마흔세 번이나 보았어!"

몹시 슬플 때는 해지는 모습이 좋다는 어린 왕자의 말 때문이었을까. 가끔 붉은 노을이 아름다운 지평선에서 춤을 추는 상상을 한다. 어쩌면 하루에 마흔세 번이나 석양을 볼 수 있는 자유와 권력이 부러웠는지도 모르겠다. 소혹성 B-612를 소유한 어린 왕자는 지구에서 하루를 견디는 우리를 이해하기 어렵다. 하지만 지구에 온 그는 가장 중요한 건 눈에 보이지 않는다는 사막의 여우를 만나면서 생각이 조금씩 바뀐다.

작은 별에서 자기만의 세상에 갇혀 있던 어린 왕자는

사람들의 말과 행동을 관찰하며 끊임없이 질문한다. 호기심은 타인과 세상을 향한 관심이다. 알고 싶은 마음은 대상에 대한 사랑으로 발전한다. 세상에 모든 사랑은 상대에 관한 관심과 이해로부터 시작된다. 어린 왕자는 자신의 공간적 한계를 벗어나 새롭게 태어난다. 도마뱀, 장미, 여우 등 길을 걷다 만나는 모두에게 말을 건넨다. 순수한 호기심, 대상을 향한 질문을 통해 이해의 폭을 넓히고 앎의 세계로 한 걸음씩 나아간다. 어린 왕자는 그렇게 조금씩 성장한다. 우리는 자신을 객관화하지 못해도 타인은 너무 쉽게 평가한다. 어쩌면 어린 왕자의 슬픔을 통해 우리는 잃어버린 동심이 아니라 타인의 눈에 비친 자기 모습을 읽는 게 아닐까. 인간의 성장은 타인과 세상을 파악하는 데서 출발하지만 결국 '나는 누구인가?'라는 질문으로 돌아오는 시작도 끝도 없는 머나먼 여행이다.

## ∞ 인간의 일생을 축약하면 지구의 하루

시속 1,600킬로미터, 초속 460미터가 넘는 지구의 자전 속도는 현기증이 날 정도다. 위도에 따라 자전 속도가 달라져 극지방은 시속 0킬로미터, 우리나라는 시속 1,300 킬로미터가 넘는다. 이렇게 엄청난 속도에도 불구하고 왜 우리는 벚꽃잎이 휘날리고 눈송이가 하늘하늘 내려오는 고요한 풍경을 즐길 수 있을까? 그건 관성 때문이다. 지구가 일정한 속도로 항속 운동을 하며 대기와 낙엽과 개와 고양이가 일정한 속도로 멈추지 않고 계속 돌기 때문이다. 혹시라도 브레이크를 밟거나 가속 페달에 힘을 주면 지구는 상상 그 이상의 지옥이 될 것이다. 관성의 법칙에 따라 일정한 속도로 달리는 지구에서 우리는 지구의 자전과 공전 속도를 느끼지 못할 뿐이다. 고속도로를 시속 130킬로미터로 달리는 자동차는 속도위반이지만 우리는 그보다 10배 빠르게 달리는 지구에서 불편 없이 살아간다.

하던 대로 해야 사고가 발생하지 않는 자연의 원리가 놀랍다. 습관처럼 관성의 법칙이 적용되어야 안정과 평화를 누릴 수 있다니! 이런 자명한 과학적 진실이 비현실적이어서 사람들은 당장 죽을 것처럼 작은 일에도 집착하고, 영원히 살 것처럼 이기적 욕망에 충실하다. 물론 현실은 항속 운동을 할 수 없다. 변속 기어를 자주 바꾸고 급브레이크와 가속 페달을 번갈아 밟는다. 사람들은 눈에 보이는 대상 너머의 본질과 객관적 사실에는 별 관심이 없다.

우리가 매일 바라보는 아름다운 석양에 대한 정서적인 반응도 이와 같다. 노을은 빛이 산란하면서 발생하는 자연현상이다. 해가 질 무렵에는, 태양의 고도가 낮아 빛이 통과하는 대기층이 두꺼워진다. 파장이 짧고 산란 각도가 작은 푸른빛은 대기층을 통과하지 못하고, 파장이 길고 산란 각도가 큰 붉은 계열의 빛이 대기층을 통과해 노을을 만든다. 이때 대기 중에 수증기와 먼지 입자들은 노을빛을 더욱 아름답게 장식한다. 대기층을 통과해 들어오는 붉은빛이 입자들에 의해 산란散亂하기 때문이다. 특히 자동차 매연에서 나오는 질소 산화물과 불완전 연소 된 탄소 미립자들은 노을을 더욱 붉게 만드는 역할을 한다. 아이러니하게도 검붉은 노을의 아름다움은 대기오염 수치와 비례한다.

태양을 숭배하고 밤을 두려워했던 인류의 본능은 뼛속 깊이 새겨져 있다. 오늘도 낮과 밤, 아침과 저녁은 시시각각 다른 빛과 온도로 인간과 자연을 향해 전혀 다른 말을 건넨다. 태양이 떠올랐다가 저물고 다시 밤이 찾아오는 순환과 반복은 인간의 삶과 죽음, 탄생과 소멸의 반복을 24시간으로 축약해 놓은 듯하다. 우리에게 예외 없이 공평한 두 가지 물리적 조건이 시간과 죽음이다. 바닷가에서 그물을 손질하던 어부도 초고층 빌딩의 편안한 의자에

앉은 회장님도 지는 저녁 해를 바라보며 자기 삶을 성찰한다. 모두에게 곧 다가올 밤의 시간은 지구의 하루를 마무리하라고 재촉하는 듯하다. 하루의 반복이 쌓여 인생이 되고 자기 삶의 루틴으로 굳어진다.

피곤한 몸을 뉘고 고단한 하루를 마감하라는 듯 석양은 어떤 자연현상보다 인간에게 정서적 반응을 불러온다. 낮의 끝인 석양처럼 생의 마지막은 죽음이다. 그래서 붉게 물든 저녁놀은 죽음을 환기한다. 마음은 언제나 내일을 준비하지만 현재는 대체로 슬픔으로 가득하다. 모든 순간이 금세 사라지고, 지나간 것은 또다시 그리워진다. 이처럼 석양은 죽음의 본능인 '타나토스thanatos'를 닮았다.


## ∞ 우리에게 필요한 환대와 친구

카오스에서 태어난 '타나토스'는 파괴, 혼돈, 무질서 등 '죽음'을 상징한다. 죽음을 맞이해야 하는 노년은 인간의 삶에서 색다른 의미다. 인생을 마무리하는 시기이며 남은 사람들을 위해 유무형의 자산을 정리하는 시간이다. 키케로는 자신 안에서 훌륭하고 행복하게 살 수 있는 수단을 갖지 못한 이들에게는 인생의 모든 시기가 힘겨운 법이라고 했다. 특히 노년이 비참해 보이는 네 가지 이유를 첫째, 노년은 우리를 활동할 수 없게 만들고, 둘째, 노년은 우리의 몸을 허약하게 하며, 셋째, 노년은 우리에게서 거의 모든 쾌락을 앗아가며, 넷째, 노년은 죽음에서 멀리 떨어져 있지 않다는 것이라고 말했다.

하루가 행복하지 않으면 노을을 즐길 수 없듯, 인생을 잘 살지 못하면 노년과 죽음은 두렵고 끔찍한 일이다. 타나토스를 극복하기 위해 우리에게 필요한 건 신원을 묻지 않는 환대와 우정이다. 김현경은 《사람, 장소, 환대》에서 우정을 환대와 구별한다. 환대는 시민의 의무지만 우정은 선택적 관계라고 말한다. 더불어 사는 세상에서 신원을 묻지 않는 환대는 공적 공간에서 평등한 존재라는 인정이다. 현대 사회는 보편적인 환대에 기초해 있으며 모든 사람은 잠재적인 친구다. 그중에 다른 사람들과 달리 특별한 관계, 해악과 진실을 구별하며 인간적 성숙을 위한 도반의 관계를 맺은 사람이 진짜 친구다. 노후 자금과 건강 관리도 중요하지만 인간적이고 아름다운 노년을 위해 필요한 건 누군가의 신원을 묻지 않고 환대할 수 있는 여유가 아닐까. 그리고 다름을 인정해 주는 친구가 있으면 충분하다. 언제든 떠날 수 있는 홀가분한 준비와 타자와 세상을 품는 넉넉한 마음이 노년에는 더 중요하다.

## ∞ 하루를 단단하게 여미는 시간

아침햇살부터 저녁노을까지 하루가 빛의 서사로 마무리되는 것처럼 인간의 삶도 '탄생-성장-소멸'의 순환 원리를 따른다. 석양을 바라보는 사람들의 숙연함은 바로 이런 유사성에서 비롯된다. 밤이 죽음을 닮았다면 석양은 노년을 닮았다.

어둡고 캄캄한 밤, 즉 죽음을 맞이하기 전 노년은 지혜로 빛나야 한다. 이처럼 노년에 생기는 독특한 스타일을 기술할 때 '알터스틸altersstil'이라는 단어를 사용한다. 본질적 형태의 감소와 초월적 특성을 의미하는 단어다. 스페인 화가 프란시스코 고야가 말년에 그린 〈아들을 잡아먹는 사투르누스〉를 보자. 예술가로서 고야가 겪은 삶의 질곡이 그림에 투영되어 인간과 세상의 궁극적 본질을 표현했다. 화가는 인간의 삶과 권력에 대한 환멸, 광기와 폭력성 그리고 악의 본능을 초월한 듯 보인다. 모든 사람에게 저절로 알터스틸이 생기는 건 아니다. 나만의 길을 걸어 인생의 주인공이 되고 싶은 사람은 매일 석양을 바라보며 그 누구도 아닌 자기만의 알터스틸을 점검해야 한다.

석양은 한 치의 오차도 없이 과학의 힘으로 예측할 수 있다. 계절의 변화, 공전과 자전의 주기에 따라 오늘과 내일 그리고 먼 미래까지도 알 수 있다. 그러나 내 삶의 종착역은 누구도 알지 못한다. 석양과 달리 한 인간의 죽음은 누구도 예측하기 어렵다. 매일 노을과 함께 춤을 출 수 있다는 건 후회 없는 오늘을 살았다는 증거이며, 자기만의 독특한 스타일을 추구하는 하루를 살았다는 기쁨이다. 사소한 일상의 즐거움을 놓치면 석양이 아름답게 보일 리 없다. 과정과 결과가 한눈에 보이는 '하루'야말로 인생의 축소판과 다름없다. 인생을 충실하게 살려면 하루를 단단하게 여며야 한다.

# 반복하며 머무는 서로 다른 시간들

**타임 루프**

○

**Time Loop**

○

줄리언 반스는 시간과 기억에 관한 소설《예감은 틀리지 않는다》에서 일상에서 느끼는 시간 감각을 이렇게 서술한다.

우리는 시간 속에 산다. 시간은 우리를 붙들어, 우리에게 형태를 부여한다. 그러나 시간을 정말로 잘 안다고 느꼈던 적은 단 한 번도 없다. 지금 나는 시간이 구부러지고 접힌다거나, 평행우주 같은 다른 형태로 어딘가에 존재할지도 모른다는 이론적인 얘길 하는 게 아니다. 그럴 리가, 나는 일상적인 매일의 우리가 탁상시계와 손목시계를 보며 째깍째깍 찰칵찰칵 규칙적으로 흘러감을 확인하는 시간을 말하는 것이다. 이 세상에 초침만큼 이치를 벗어나지 않는 게 또 있을까.


## ∞ 나와 너의 시간은 다르게 흐른다

"존재는 시간 속에서 주어진다."는 하이데거의 말은 여전히 우리 삶을 지배한다. 한 사람이 태어나 죽음에 이르는 생의 전 과정은 아침에 눈을 뜨고 잠드는 루틴의 반복에 불과하다. 그러나 단 하루도 같은 날은 없다. 시간의 흐름 속에서 작은 변화와 예상치 못한 변수들이 개인의 일상을 다르게 채색하며 고유한 궤적을 만든다.

그러나 시간은 모든 사람에게 공평하게 흐르지 않는다. 시간이 비균질적으로 흐른다는 건 정서적·심리적 반응만이 아니다. 공간과 상황에 따라 시간의 속도는 차이가 난다. 따라서 '나'라는 존재가 시간 속에서 어떤 의미가 있으려면 충분한 공간을 확보해야 한다. 그 공간은 씨줄과 날줄처럼 얽힌 상황, 즉 위치 정보를 표시할 수 있어야 한다.

현실적 시간과 공간을 상대적으로 바라본 아인슈타인은 직선적, 위계적 세계관에 변화를 가져왔다. 사람미다 다른 공간, 상대적 시간 개념은 물리학 이론을 넘어 실제 생활에서도 빈번하게 체감할 수 있다. 절대적 시간이 아닌 상대적 시간의 개념이 삶을 지배하고 각자의 기억과 경험을 혼란스럽게 한다.

지구에서 달까지 빛이 도달하는 시간은 약 1.255초다. 진공 상태에서 빛의 속도는 고전역학의 이론을 따른다. 아이작 뉴턴은 시간이 우주 어디서든 진행 방식이 같고 항상 같은 속도로 흘러가는 '절대 시간'을 주장했다. 그는 《프린키피아》에서 수학적인 절대 시간은 외부의 그 어떤 것과 상관없이 그것 자체로 흐른다고 정리했다. 즉 시간이 사물의 존재나 변화와는 독립적으로 존재한다는 것이다. 그러나 아인슈타인은 '절대 시간'에 대한 생각을 뒤엎었다. "운동하는 시계의 진행은 느려진다. 운동의 속도가 빛의 빠르기에 가까워질수록 시간의 지연은 강해지고, 빛의 빠르기에 도달하면 시간은 멈춘다."라고 말했다. 시간은 신축적이고 상대적이라는 의미다. 중력이 센 곳일수록 시간이 느리게 흐른다는 '일반 상대성' 이론을 우리는 체감할 수 없다. 휘어진 시공간에 관한 물리적 개념은 현 아직까지는 대인의 삶과는 무관하다.

바쁜 일상을 사는 사람들에게 우주의 신비와 과학적

지식은 뜬구름처럼 멀게만 느껴진다. 그러나 시간이 상대적으로 흐른다는 사실은 누구나 알고 있다. 마음에 들지 않는 소개팅 상대와 차를 마시는 시간과 좋아하는 동영상을 보는 시간은 다르게 흐르지 않는가.

심리학자 미하이 칙센트미하이는 이를 '몰입flow'의 차이라고 분석한다. 행복한 인생은 결국 최적 경험의 누적이라는 주장에는 진지함이 묻어있다. 나의 존재조차 의식하지 못할 만큼 몰입하는 시간의 총량이 자기 행복, 즉 즐거운 인생의 척도라는 말은 성공한 인생에 대한 새로운 기준을 제시하고 있다. 인생의 길이, 성공한 삶, 행복의 척도에서 빼놓을 수 없는 '시간'은 그렇게 저마다 다른 속도로 흐른다.


## ∞ 타임 루프의 지옥에 빠지지 않으려면


돌아오지 않을 시간에 대한 후회를 담은 영화 〈타임루프〉에서 형제인 저스틴과 애런은 오래전 '컬트' 집단에서 탈출한다. 하지만 어린 시절 함께 지낸 애나의 메시지가 담긴 비디오테이프를 받고 그곳으로 되돌아간다. 영화는 시공을 초월한 비현실적인 상상에 불과하지만, 우리에게는 인간의 무의식적인 사고 패턴, 반복되는 말과 행동, 기시감을 느끼듯 되풀이되는 일상을 돌아보게 한다. 인류의 삶도, 개인의 인생도 어쩌면 무한 반복되는 현실판 '타임 루프time loop'가 아닐까 싶을 때가 많다. 우리는 삶의 굴레에서 '벗어날 수 없는' 것일까. 어차피 타임 루프 안에서 돌고 도는 일이 숙명이라면 인간의 의지와 노력은 무슨 소용인가. 시간 앞에 모든 인간이 겸손해진다고 말하지만 반복되는 일상에서 느끼는 묘한 기시감과 예고없이 찾아오는 우연 앞에서 우리는 번번이 좌절한다. 변화를 시도하고 더 나은 내일을 위해 달려가도 희망에 고문당하기 일쑤다. 후회해도 소용없다. 이미 떠나버린 시간은 돌아오지 않고 남은 시간도 아득하기만 하다.

매일의 일상에서 부딪히는 교육, 진학, 취업, 결혼, 육아, 노후, 질병 등은 개인의 고민이기도 하고 공동체의 문제에도 해당한다. 지극히 사적인 고민이라 해도 사회 제도와 공적 영역에서 해결해야 할 일들이 많다. 저출생, 초고령화, 주택 수급, 지방 공동화, 공적 연금, 의료보험 등 정치적 이념과 무관하게 국민 대다수가 직면한 일상의 문제들이 대개 여기에 해당한다. 아이들의 성적표와 우리의 월급 빼고 다 오르는 물가, 불안한 노후와 국민연금 등 우리가 겪는 일상적인 근심과 걱정은 지극히 공동체의 문제지만 결국 개인적 고민으로 귀결된다. 너와 나의 시간이 다르게 흐르는 건 개인의 노력과 준비의 차이일 수도 있으나 우리를 둘러싼 사회적 상황 때문일 수도 있다. 사회적 맥락과 삶의 공간을 바꾸지 않으면 타임 루프의 지옥에 빠지게 된다.

상황은 변하기 마련이고 변화는 작은 곳에서 시작된다. 휘어진 시간을 잡을 수 없으나 공간은 바꿀 수 있다. 지나간 시간을 지우는 확실한 방법이 공간적 상상력이다. 공간도 시간과 마찬가지로 망각의 힘을 지닌다. 자기 삶에 변화를 주고 싶다면 공간의 변화만큼 손쉬운 방법이 없다. 누군가는 이민을 떠나고 누군가는 집을 옮긴다. 또 누군가는 집안에 가구를 재배치하고 사무실 책상을 정리한다. 목적지가 같아도 이동 경로와 교통수단이 다르면 여행의 만족도와 결과가 다를 수 있다.

공간의 변화는 인간을 여러 관계로부터 자유롭게 하고 과거를 잊게 한다는 토마스 만의 조언은 새겨들을 만하다. 단절과 망각은 때때로 우리에게 새로운 출발과 자유를 의미하기 때문이다. 지난 일을 잊지 못하고 과거에 묻혀 사는 사람, 오로지 하루하루 현재에 몰입하는 사람, 미래를 위해 자신을 희생하는 사람 중 당신은 어느 쪽에 가까운가. 인간은 시간 속에 존재하지만 저마다 다른 공간에 머문다. 모든 사람이 유목민적 삶을 꿈꾸는 '호모 노매드 homo-nomad'가 될 수는 없으나 자기만의 공간에 변화를 주고 각자의 동선을 바꿀 수는 있다. 선택 불가능한 공간은 생각보다 많지 않다. 각자 자산에 맞춰 정한 거주지, 생계를 위한 일터가 삶의 전부일 수는 없다. 퇴근 후에 자신의 발길이 향하는 곳, 주말에 찾는 장소, 시간 날 때마다 들르고 싶은 공간이 자기 삶의 변화를 이끈다.

## ∞ 사랑할 '시간'이 많지 않다는 말

경제학자 류동민은《마르크스가 내게 아프냐고 물었다》에서 "어쩌면 우리는 시간과 공간이 분리될 수 없는 4차원의 세계에 존재하는 게 아닐까. 이 세계에 대한 의도적 변화를 혁명이라 부른다. 모든 혁명은 인간에 대한 사랑으로부터 시작된다."라고 말했다.

만약 시간을 되돌릴 수 있다면 나의 사랑은 어떠했을

까? '그' 혹은 '그녀'를 선택했을까? 그보다 지금 내 곁에 있는 사람들에 대한 사랑이 혁명의 시작이라는 충고는 마음에 새길 만하다. 이성에 대한 사랑부터 인류애까지 인간은 사랑의 본능을 숨길 수 없다. 다만 그 사랑이 어떠해야 하며 어디를 향하고 있는지는 확인해보자. "사랑할 시간이 많지 않다."라는 정현종 시인의 말 한마디를 감성적으로 받아들이는 일도 중요하지만 보다 확장된 개념의 사랑에 대해서도 고민이 필요하다. 남은 시간을 예측할 수 있는 사람은 없다. 사랑할 시간은 주어지는 게 아니라 스스로 채워가야 할 시간이다.

사랑하는 사람을 만날 때마다 조금씩 다른 표정과 말투가 신경 쓰인다면 그건 사람이 변한 게 아니라 시공간이 달라지고 상황이 변해서다. 어쩌면 우리는 단 한 순간도 제자리에 머물지 않고 끊임없이 움직이는 세상에서 전혀 다른 존재로 변신하는 중일지도 모른다. 과거와 동일성을 유지하는 사람은 어디에도 없다. 어제의 나와 오늘의 내가 같은 침대에서 눈을 뜰 수는 없는 노릇이다. 매일 새롭게 태어나고 매일 다른 사람이 되어 잠이 든다. 그러니 변하지 않는 건 내가 아니라 세상이다. 사랑하는 대상이 아니라 상황이 변하고 그 상황 때문에 사람도 달라진다. 돌고 도는 건 유사한 상황과 사람일 뿐, 똑같은 시간과 공간은 어디에도 존재하지 않는다.

　오래된 연인부터 30년째 근속 중인 직장인까지 오늘의 '나'를 만든 시간을 부정하는 사람은 없다. 관계의 지속성과 안정감은 누적된 세월의 결과다. 그러나 어느 한순간도 동일한 상황과 감정일 수는 없다. 우리 삶의 모든 순간은 놀라운 처음이자 마지막이다. 그 일회성의 소중함이 아쉬움과 안타까움을 만들고 기억과 망각으로 각자의 인생을 그린다. 학교, 군대, 직장 등 같은 공간에서 부대껴도 사람들은 저마다 다른 시간을 보낸다. 그 주관적, 상대적 시간 차이가 각자의 인생이다. 반복되는 일상에 성장과 변화는 오로지 개인의 몫이다. 그러한 개인의 변화가 곧 사회 공동체의 변화로 이어진다.

　시시포스의 굴레*를 피할 수 없는 게 인간의 숙명이라면 우리는 또 어떤 자세로 내일을 준비해야 할까. 어차피

---

*　시시포스는 신들을 기만한 죄로 산 정상으로 바위를 밀어 올리는 벌을 받는다. 돌을 정상에 올려두면 다시 아래로 굴러떨어지고 굴러떨어진 돌은 다시 정상으로 돌려야 하는 영원한 형벌. 그 무의미함이 인간의 삶과 같다. 하지만 유한한 존재임에도 주어진 삶 안에서 무언가를 해내고 이루려고 노력하는 모습에서 인간의 의지를 볼 수 있다.

미래가 오늘의 반복이며 어제의 순환이라면 원대한 꿈과 희망 따위는 쓰레기통에 버려야 하는 게 아닌가. 그래도 누군가는 이를 악물고 바위를 굴려 산꼭대기를 향해 한 걸음씩 나아가고 또 누군가는 굴러떨어진 바위를 바라보며 한숨을 내뱉는다.

타임 루프가 불가능한 현실이라면 현재와 미래를 새롭게 배치해야 한다. 일상의 반복과 지루한 루틴에서 벗어나려면 낯선 공간과 불가역적 시간의 우선순위를 결정해야 한다. 나를 위한 공간은 어디이며 후회 없이 보낸 시간은 언제인지 돌아보자. 비슷한 일상의 반복에서 벗어나 앞으로 나아가려면 서로 다른 시간 속에 놓인 나를 자각하고 주변의 사물을, 타자를 낯설게 바라봐야 한다.

남은 시간을 예측할 수 있는 사람은 없다.

사랑할 시간은 주어지는 게 아니라

스스로 채워가야 할 시간이다.

# 과거 현재 미래는 늘 우리 곁에 머물고

**싱크로니시티**
○

○
**Synchronicity**

어쩌면 시간은 오직 과거만이 중요한 존재와 가치를 갖는다. 현재는 추억의 샘, 과거의 생산 공장 정도의 가치밖에 없다. 산다는 것은 오직 그 값진 과거의 자산을 늘리기 위해서만 중요하다. 그러고는 마침내 죽음이 온다.

미셸 투르니에의 《방드르디, 태평양의 끝》에서 본 이 문장이 눈에 선하다. 나이가 들면서 사람들은 대부분 추억을 더듬기 마련이다. 지나간 모든 것은 아름다워지는 법이라지만 우리에게 주어진 시간은 현재와 미래다. 비슷하지만 조금은 다른 시간이 기다린다. 과거에 머물지, 조금 다른 삶을 꿈꿀지는 온전히 각자의 몫이다.

하지만 우리는 과거에 묶여 살 수밖에 없는 존재인지도 모른다. 과거는 이미 흘러갔고 미래는 아직 오지 않았으며 현재는 머물지 아니하므로 시간은 실재하지 않는다는 프랑스 철학자 폴 리쾨르의 말이 오히려 진실하게 들린다. 시간이 존재하지 않는다면 과거와 현재와 미래를 어떻게 구분하며 어떤 태도로 살 것인지 두려워진다.

## ∞ 현재, 과거, 미래 그리고 운명

평면상에 방향이 같고 거리가 일정한 두 직선을 상상해 보자. 영원히 만날 수 없는 완벽하게 동일한 수학적 개념의 평행선. 그러나 실제 세계에서 완벽하게 평행한 직선은 불가능하다. 평면에는 오차가 있고 변수가 존재하기 때문이다. 그러나 어떤 사람들은 이를 현실에 적용해서 서로 다른 시대를 사는 두 사람의 운명이 같은 패턴으로 전개될 수 있다는 '평행이론'을 믿기도 한다.

또 다른 세계의 '나'가 존재할 수 있다면 또 다른 시간대의 나와 같은 운명을 사는 사람이 있을 수 있다는 것은 착각 혹은 오해다. 평행이론은 전생, 윤회, 내세에 관한 종교적 믿음과 조금 다르지만 운명론적 세계관이라는 점에서는 유사하다. 물론 합리적으로 설명하기 어렵지만 운명과 시공간을 초월해서 판박이처럼 벌어지는 일들이 현실에서 벌어지곤 한다. 그리고 이성적으로 받아들이기 어려운 이러한 경험들이 때때로 우리를 혼란스럽게 한다. 과연 인간은 자유의지와 노력으로 자기 삶을 개척하는 걸까, 아니면 이미 정해진 숙명을 안고 태어나 정해진 길을 걷는 걸까.

사람마다 타고난 운명이 있다면 치열한 고민도 피나는 노력도 무용하다. 그저 주어진 운명에 몸을 맡기고 시간의 흐름을 타면 그뿐이다. 그러나 사람들은 그 운명을 상황에 따라 선택적으로 받아들인다. 자기 자신을 위한 변명으로, 어쩔 수 없다는 합리화로 운명을 들이민다. 우리는 이런 운명론적 세계관에서 벗어날 수 있을까. 이미 정해진 대로 움직이는 우주 만물과의 상관관계 안에서 잠시 머물다 가는 개인의 삶은 어떤 변화 가능성도 없는 걸까. 자기 삶의 주체로 거듭나려는 부단한 노력과 도전은 무의미한까

## ∞ 존재하는 시간은 현재 이 순간뿐

세상에는 믿을 수 없는, 설명하기 어려운 일들이 곧잘 벌어지곤 한다. 그래서 사람들은 운명을 믿고 때로는 우연에 기댄다. 아무리 노력해도 일이 꼬이는 사람이 있고, 특별한 노력 없이도 부자가 되고 성공하는 사람이 있다. 이런 경우 전생을 탓하고 싶고 우주 어딘가에 내 운명과 같은 길을 걷는 사람이 있는지 묻고 싶어진다. 하지만 인생은 공평하지 않다는 걸 알지만 모든 걸 운명에 돌리기엔 남은 날들이 너무 잔인하다.

우연은 대개 인과관계가 없는 일을 의미한다. 그러나 우연과 운명의 다른 이름은 '상황'이다. 리처드 니스벳은 《사람일까 상황일까》에서 "사람들은 성격 특성상 성향의 중요성을 지나치게 믿는다. 그러다 보니 상황 요인이 행동에 미치는 영향의 중요성을 잘 인식하지 못하는데 이를 '기본적 귀인 오류'"라고 지적한다. 개인의 기질과 성격과 노력에 집중하다 보면 사회적 맥락이나 상황을 간과하기 쉽다는 말이다. 우연과 운명이라 믿었던 일들이 사실은 조건과 상황의 결과일 때가 많다. 시간과 공간은 상황의 1차 조건이다. 서로 무관해 보이는 일들이 사실은 정교한 인과적 상황이 초래한 자연스러운 일이었는지도 모른다.

당신은 과거, 현재, 미래 중 어디에 무게 중심을 두고 사는가. 사람들은 대개 어제보다 오늘을 살며 알 수 없는 미래에 희망을 건다. 철학자 이왕주는 "삶의 시간은 오직 하나, 현재가 있을 뿐이며 기억(과거)하고 기대(미래)하는 일들도 모두 이 시간의 지평 위에서 일어나는 수많은 현재형 사건들 가운데 하나에 지나지 않는다."라고 말했다. 그렇다. 우리에게는 과거가 없고 오직 기억만 있으며, 미래는 없고 다만 기대가 있을 따름이다. 존재하는 시간은 현재, 이 순간뿐이다. 우리가 사랑하고 미워하고 존경하고 질투하고 선택하고 거부하는 모든 것은 이 현재의 지평 위에서 이루어지는 일들이다.

## ∞ 반복되는 삶의 장면들은 우연일까, 운명일까?

우리는 어제 같은 오늘, 작년 같은 올해를 사는 경우가 많다. 관습적인 사고는 인지 기능을 무디게 하고 사물과 세상을 새롭게 인식하기 어려운 상태로 만든다. 습관적인 말과 행동, 반복되는 일상은 무의미하게 지나가며 시간을 허망하게 만든다.

눈을 뜨고 일상생활을 하면서 무념무상의 상태로 반수면 상태를 경험한 적이 있다. 무언가 읽고 보고 생각하고 변화를 시도하는 적극적인 삶의 태도가 아니라면 누구라도 이런 상황에 빠진다. 이런 현상을 극복하기 위해 신현림 시인은 "지루한 세상에 불타는 구두를 던져라."고 외쳤다. 체코 작가 보후밀 흐라발은 책을 읽는 행위를 "날이면 날마다, 하루에도 열 번씩 나 자신으로부터 그렇게 멀리 떠날 수 있다는 사실이 신기할 따름이다."라고 고백한 바 있다. 똑같은 일상에서 벗어나 다른 세계를 경험하는 자신을 이렇게 표현한 것이다.

'싱크로니시티synchronicity'는 기막힌 우연과 절묘한 타이밍을 의미한다. 스위스의 분석심리학자 칼 구스타프 융은 〈싱크로니시티: 비인과적 연관의 원리〉라는 논문에서 "둘 혹은 그 이상의 의미심장한 사건이 동시에 발생하는 현상으로 여기에는 우연한 가능성 이상의 뭔가가 작용하고 있다."라고 주장했다. 우리말로 '공시성共時性'으로 번역하는 이 개념은 '의미 있는 우연의 일치'라는 심리적 추론이다. 인과관계가 없는 일들이 우연히 반복되거나 동시에 여러 곳에서 같은 일들이 발생한 경험을 떠올려 보자.

싱크로니시티는 비인과적 복수의 사건이 발생하는 이유를 유사성과 근접성으로 설명된다. 시간과 공간의 질서에 완벽한 우연이 가능할까? 우리가 사는 세계 안에서 벌어지는 다양한 일들의 복잡성을 모두 인과적이고 과학적인 논리로 설명할 수 있을까? 그래서 우리는 우연과 필연 사이에서 길을 잃고 헤맬 때가 있다. 확률적으로 불가능에 가까운 일 앞에서 혼란스러울 때도 있다. 세상에 있을 수 없는 일은 없다. 모든 가능성을 열어둬야 하는 건 경찰의 수사 원칙이나 수험생의 진로 탐색이 아니라 매일을 사는 우리가 갖춰야 할 삶의 태도다. 어쩌면 우리 삶의 장면과 장면이 싱크로니시티의 연속이다.

## ∞ 우연과 필연 사이에서 우리는 끊임없이 흔들린다

우주 질서를 지배하는 다양한 과학 원리와 수학 모델의 등장으로 싱크로니시티가 이제는 유사 과학 취급을 받기도 하지만 이해할 수 없는 운명과 놀라운 우연의 반복 앞에서 인간은 여전히 흔들리는 마음을 기댈 곳이 없다. 사신의 땀과 노력, 그렇게 누적된 실력과 열정만으로 자기 운명을 개척할 수는 없다. 사실은 태어난 조건, 주변 환경과 우연에 기대 사는 사람이 더 많다. 우연과 운명이 우리 삶에 차지하는 비율이 궁금할 때도 있다. 그러나 우연이든 필연이든 상관없다. 싱크로니시티와 평행이론을 깊이 고민하지 않아도 좋다. 우리에게 중요한 건 인과적 사고방식이나 합리적 분석이 아니라 과정과 절차 그리고 그 결과를 받아들이는 태도다.

조지 오웰은 "과거를 지배하는 자가 미래를 지배하고 현재를 지배하는 자가 과거를 지배한다."라고 경고했다. 역사와 권력의 관계를 날카롭게 지적한 말이다. 시간은 냉정하게 흐른다. 단 한 순간도 멈추지 않고 누구에게나 공평하게 흐르는 시간을 어떻게 채웠는지 돌아보면 자신의 미래가 보인다. 현재가 흔들리면 과거에 휘둘리고, 자기 삶의 주인으로 살지 못하면 미래가 어둡다. 한 사람의 인생이 의지와 노력에 의해 계산된 결과대로 흘러갈 수는 없다. 우연과 필연 사이에서 우리는 끊임없이 흔들린다. 그럼에도 내 과거가 미래를 지배하지 못하도록 애쓸 뿐이다. '진인사대천명盡人事待天命'은 운명론자의 한탄이 아니라, 오히려 최선을 다한 사람의 겸손한 태도다.

# 다시 밝아지는 삶의 한 장면

**페이드아웃, 페이드인** | Fade out, Fade in

먼 바다로 나가 하루 종일

고래를 기다려 본 사람은 안다

사람의 사랑이 한 마리 고래라는 것을

망망대해에서 검은 일 획 그으며

반짝 나타났다 빠르게 사라지는 고래는

첫사랑처럼 환호하며 찾아왔다


정일근의 시 〈기다린다는 것에 대하여〉 일부다. 사라지는 모든 것들은 흔적을 남긴다. 사람이든 사물이든 기다림의 경계를 넘나드는 순간 미련과 아쉬움을 떨치지 못한다. 기다림은 불안과 공포를 동반한다. 그리움을 잉태한

막연한 기다림은 호기심과 무지 때문이다.

## ∞ 반사체가 아닌 발광체로 살기 위하여

우리에게 낮과 밤은 전혀 다른 얼굴이다. 활력, 희망, 출발, 약동, 젊음 등 긍정적인 이미지인 낮이 저물고 어둠이 찾아오면 밤은 고독, 종말, 늙음, 정지 등 부정적인 모습으로 다가온다. 잠이 죽음을 닮았기 때문일까. 달빛과 고요와 휴식은 인간에게 아무것도 하지 않는 법을 가르쳐주고 게으를 수 있는 권리를 부여한다.

놀랍게도 그 이유는 단 하나, 빛의 밝기 때문이다. 눈부신 태양은 직사광으로 지구에 생명을 불어넣고 흐린 날은 천공광으로 공평한 빛을 뿌려준다. 낮과 밤의 경계에서는 매일 찬란한 빛의 그러데이션이 펼쳐진다. 이렇게 해가 뜨고 지기 약 30분 전후, 일광이 금색으로 빛나는 시간을 '골든아워golden hour'라고 부른다. 세상이 온통 빛의 축제를 빌이는 시간이다.

인간의 삶은 거대한 우연의 놀이터다. 삶이 우리에게 던져주는 우연들을 가지고 우리는 이상한 이론들을 제멋

대로 만들어내고 심오한 이유를 가져다 붙이지만, 사실은 우연이 지배하고 있을 뿐이다. 그럼에도 우리는 삶과 죽음의 순간은 우연히 찾아온다는 사실을 인정하지 않은 채 영원히 살 것처럼 꿈꾸고 내일 죽을 것처럼 욕망한다.

희곡에서 막을 가르는 인위적인 장면 전환을 가리켜 '페이드아웃fade out'이라 한다. 삶의 한 장면이 끝나고 다른 장면이 시작된다는 신호와 같다. 형광등은 켜고 끌 수 있는 스위치가 있지만 우리 인생에는 온·오프 스위치가 없다. 찰진 밥을 먹으려면 뜸을 들여야 하고 상처가 아무는 데도 시간이 걸린다. 기다림은 인내의 고통을 수반하며 벅찬 감동을 동반한다. 서서히 사라지는 그 혹은 그녀의 뒷모습처럼.

"태초에 어둠이 있었다."고 한다. 그러다가 어느 순간 스위치를 켠 것처럼 밝은 빛이 세상을 비춘 것일까? 아니, 태초에 빛이 있었던 게 아닐까? 빛과 그림자는 숙명이다. 빨간 사과는 눈의 착각일 뿐이다. 세상의 모든 빛이 사물의 색을 결정한다. 태양이나 전구처럼 스스로 빛을 내는 발광체를 제외하면 사람과 사물은 빛을 받아 되비치는 반사체에 불과하다.

인간은 환경의 동물이지만 동일한 조건과 환경에서도

전혀 다른 사람으로 성장한다. 같은 부모에게서 태어나도 형제자매의 인생이 같지 않다. 스스로 발광체가 되어 밝게 빛나는 사람이 있는가 하면 부모 형제의 반사체로 살아가는 사람도 적지 않다. 태어난 순간 자기 삶이 결정되는 세상이 행복할 리 없다. 변화 가능성이 작고 발광체가 될 기회가 없는 사회가 건강할 수는 없다. 우리는 지금 발광체로 살아가고 있는지, 아니면 반사체로 살아가고 있는지 돌아봐야 한다.

## ∞ 새로운 시작을 위해 잠시 빛이 사라진다

페이드인과 페이드아웃은 단지 소리나 영상에서만 필요한 것이 아니다. 빛의 영역에서도 서서히 켜지고 또 서서히 꺼지는 기능은 매우 필요하고 또 중요하다. 모든 것이 0과 1로 표기되는 디지털 신호처럼 우리는 온·오프에 따라 켜지고 꺼지는 조명에 익숙하다. 하지만 자연의 빛은 디지털 신호처럼 한 번에 켜지고 꺼지는 일이 드물다. 페이드인과 페이드아웃은 '적응 시간'을 준다. 사는 데도 마음의 준비가 필요하다. 어떤 일이 어느 순간 단번에 끝나고 어떤 감정이 한 번에 생기지 않는다. 페이드아웃이 마지막이고 끝이라면, '페이드인fade in'은 시작이고 희망이다. 우리 인생은, 인간의 마음은 시작할 때와 끝날 때가 골든아워가 아닐 수 있다. 서툴고 무지한 상태에서 출발해서 절정을 지나 힘없고 병든 상태에 도달하더라도 우리에겐 장면 전환의 기회가 온다. 스스로 만든 순간이든 저절로 주어진 기회든 상관없다. 그 마디마디가 모여 각자의 인생이 된다.

인간이 반드시 존재해야 할 이유는 없다. 단지 존재할 수 있는 가능성만을 갖고 있을 뿐이다. 우리는 우리 자신이 어떤 필연적인 이유에 의해서 존재하는 것이기를, 우리가 존재하지 않으면 안 되도록 우리의 존재가 처음부터 정해진 것이기를 원한다. 불가능한 꿈을 꾸며 자신의 존재 이유를 찾아봐도 소용없다. 모든 인간은 우연의 산물이다. 삶의 필연적 이유를 찾아 헤맬 필요도 없다. 아무리 찾아 헤매도 그런 건 어디에서도 찾을 수 없다.

그러다 어느 순간 깨달음이 올 수 있다. 자크 모노는 《우연과 필연》에서 "인간은 마침내 그가 우주의 광대한 무관심 속에 홀로 내버려져 있음을, 그가 이 우주 속에서 순전히 우연에 의해 생겨났음을 알게 되었다. 이 우주의 그 어디에도 그의 운명이나 의무는 쓰여 있지 않다. 왕국을 선택하느냐 아니면 어둠의 나락으로 떨어지는 것을 선택하느냐 하는 것은 전적으로 인간 자신에게 달려 있다."라는 말로 인간 존재의 우연성을 강조했다. 자기 운명은 스스로 개척해야 한다는 결론은 너무 뻔하다. 언제 어디서든 주체적인 삶을 사는 사람은 시간과 장소를 가리지 않고 마음 가는 대로 살아도 모두 진실한 모습이라는 게 더 맞다.

인생을 살다 보면 언젠가 '페이드아웃'의 순간이 찾아온다. 그러나 곧 '페이드인'이 시작된다. 그렇게 길이 끝난 곳에서 길이 다시 시작된다.

# 헛된 삶으로의 소풍

**바니타스**
◦

◦
**Vanitas**

 

 

우리는 왜 여전히 자기계발서와 인생 지침서를 뒤적이는 걸까. 누군가는 고승의 설법을 듣고 또 누군가는 신부와 목사의 설교에 귀 기울이지만 인생은 '헛되고 헛되니 모든 것이 헛되다vanitas vanitatum et omnia vanitas'라는 결론을 피하기 어렵다. 살아보니 별거 없다, 갈 때는 빈손이다, 웃으면서 사는 게 최고다, 욕심부려도 다 소용없다, 지나고 보니 잠깐이더라…. 먼저 세상을 살아본 사람들이 남긴 깨달음 한 마디씩만 새겨도 어떻게 살 것인지에 대한 답으로 충분해 보인다. 모두 소중한 삶의 가르침이다. 그러나 노년이 되어 내릴 결론보다 지금 우리는 삶의 과정이 더 소중하다.

시몬느 드 보부아르는 《노년》에서 "배우고자 하는 욕

망이 사라진 이상, 파우스트는 더 이상 살아갈 이유가 없는 것이다. 존재가 이유를 되찾기 위해서는 젊음의 특권인 쾌락, 사랑, 도취가 주는 신선함으로 다시 태어나야 할 것이다."라며 배움과 젊음을 강조한 괴테를 소환한다. 그리고 25세에 집필을 시작한 《파우스트》에서 노년을 삶에 열의가 없는 추상적인 나이로 표현했다고 괴테를 비판한다. 80억 현생 인류에게 쾌락, 사랑, 도취를 얻는 대상과 방법은 제각각이지만 배우고자 하는 욕망은 나이와 무관하게 매우 중요한 존재 이유다.


## ∞ 능동적 허무주의가 세상을 구원한다


인생 선배들의 조언과 충고가 왜 필요하지 않을까마는 대체로 '꼰대'의 말로 흘려듣는 이유는 개인적 경험을 일반화하는 오류를 범하기 때문이다. 내가 살아보니 인생에서 중요한 건, 꼭 지켜야 하는 한 가지는, 잊지 말아야 할 원칙은, 절대 만나지 말아야 할 사람은…. 그대로 따르기만 하면 비극을 막을 수 있고 좀 더 편안하고 행복한 삶이 기다리고 있을까. 철학자들의 고뇌, 성인들의 가르침,

종교의 교리를 따라도 인간의 행복과 불행은 저마다의 운명처럼 다양한 모양으로 개인의 삶을 지배한다.

시인 황인숙은 살아보지 않은 인생이 많이 남은 젊은 이들을 돌아보며 "그때 나 아직 젊었을 적에 / 젊은 줄 모르고 젊었지 / 그때는 아무도 내게 / 젊다고 말해주지 않았으면서 / 지금은 늙었다고 / 가르쳐주지 않는 사람이 없네"(〈아현동 가구 거리에서〉 중에서)라고 술회한다. 유독 죽음에 다가선 사람들을 우리는 왜 혐오의 눈길로 바라보는 것일까. 아이는 아름답고 노인은 추한 존재인가.

'바니타스vanitas'는 생의 허무에 대한 종교와 예술적 가르침이다. 17세기 네덜란드와 플랑드르 지역에서는 해골, 촛불, 시계, 왕관, 거울, 꽃을 그린 정물화가 유행했다. 흑사병, 종교 전쟁 등 비극적 경험을 겪은 중세 말, 기독교적 가치의 영원함에 비해 '세속적 삶은 덧없다'는 메시지를 전달하기 위한 상징적인 사물들을 곳곳에 배치했다. 이 시기는 오랫동안 유럽을 지배한 가톨릭의 부패와 타락에 반발해 종교개혁이 일어날 무렵이었다. 운명은 신에 의해 결정된다고 믿었으니 현세에 주어진 '직업'에 충실했으며 그에 따른 '부귀'도 신이 주신 축복의 증거라고 여겼다. 하지만 해상무역과 도시화로 형성된 신흥 중산층에게 소비된 바니타스 정물화는 아이러니하게도 풍요로운 인생에 대한 반성과 성찰을 담고 있다. 물질적 부를 즐기되 헛된 인생에서 참된 의미를 찾으라는 역설이다. 물론 그러한 성찰은 젊고 아름다운 청춘이 아니라 이미 늙었다고 자각하는 사람들의 몫이었다. 어떻게 한평생을 살든 사람들은 인생이 덧없음을 느끼는 순간을 맞는다. 언제나 깨달음은 뒤늦게 찾아와 후회를 남긴다.

창이 열린 방 침대에 반라의 여자가 등을 보인 채 누워있다. 침대에 걸터앉은 남자의 시선은 엽서처럼 방안에 놓인 햇빛이다. 침대 위에 내려놓은 책이 바닥에 떨어질 듯 아슬아슬하다. 허무하고 쓸쓸한 도시 남녀 사이에 어색하게 놓인 플라톤의 《향연》은 소풍이 아닌 도피에 가깝다. 에드워드 호퍼는 〈철학으로의 소풍excursion to the philosophy〉이라는 작품에서 불분명해 보이는 둘 사이의 관계보다 냉혹하고 쓸쓸한 현실의 단면에 집중한다. 순간을 포착한 사진처럼 선명한 이 그림은 철학이 주는 위안이 소풍처럼 아름답고 즐겁지만은 않다는 사실을 보여주는 듯하다. 가장 일상적인 공간에서 철학적 상상력은 최고조에 이르는 법이다. 독일의 철학자 빌헬름 슈미트는 에드워드 호퍼의 그림 속으로 걸어 들어간다. 그리고 "삶의 기술에서 중요한 것은 삶의 한계에 대한 인식이지 '죽음에 이르는 존재'가 아니다."라고 선언한다.

자기 삶의 한계를 인식한다는 건 언젠가 사라질 운명에 대한 자각과 다르다. 죽음과 허무가 때때로 목을 조른다면 고개를 들어 밤하늘을 보자. 칼 세이건의 유명한 표현처럼, 우리는 광대한 우주 속의 '창백한 푸른 점'에 사는 한 무리의 아주 작은 생명체일 뿐이다. 내가 특별한 존재가 아니라는 깨달음은 타자에 대한 존중으로 이어진다. 인류애로 충만하진 않더라도 최소한 허무한 삶이라는 전제에 한 줄기 빛이 들어올 여백은 남겨둘 필요가 있지 않은가. 물론 그 빛은 에드워드 호퍼의 그림처럼 창문의 크기와 방향에 따라 다르게 비춘다.

허무주의가 기존의 신과 구원, 진리 등 절대적 가치와 권위를 부정하는 태도라면 가장 급진적이고 위험한 사상일 것이다. 신이 죽었다고 외친 니체는 "형제들이여, 맹세코 지상에 충실하라. 그리고 그대들에게 천상의 희망에 대해 말하는 자들을 믿지 말라! 그들은 알게 모르게 독을 타는 자들이다."라고 그의 책《차라투스트라는 이렇게 말했다》에서 목소리를 높였다. 기존 질서를 부정하는 사람들이 변화를 이끌고 새로운 세계를 창조한다. 염세적 허무주의가 아니라 능동적 허무주의자가 자기 자신을 구원한다. '카르페 디엠carpe diem'은 미래를 준비하지 않는 허무주의자의 반항이 아니라 현재를 즐기며 자신을 위해 사는 개인주의자들의 생존법이다. 타자를 존중하고 책임의 무거움을 깨달은 사람들의 적극적인 참여와 행동이다. 지금, 여기에서 함께 살아가는 사람들의 한숨과 눈물에 공감하는 삶이 지상에 충실한 허무주의자가 가야 할 길이다.


## ∞ 죽음 직전에 얻는 깨달음


고된 하루 일을 마치고 따뜻하고 편안한 집에 들어설 때 바니타스 정물화를 보면 어떤 생각을 하게 될까. 세속적 삶에 부여된 의미는 거창하지도 철학적이지도 않다. 맛있는 밥 한 끼, 사랑하는 사람과의 소소한 대화면 충분하다. 인간의 행복은 생각보다 즉물적이고 예상보다 사소하다. 철학과 예술이 주는 위안은 일상적 행복 너머에 존재하는 죽음과 허무를 위로하는 방식이다. 서쪽 하늘에 지는 저녁 해를 바라보며 하루를 정리하고 피곤한 몸을 누일 작은 공간이 주는 위로면 충분한지도 모른다. 까무룩 잠 속에 빠져드는 순간 휴식은 달콤한 꿈이며 최상의 행복이다. 그것은 곧 죽음과 닮아있지 않은가.

인류 최초의 신화가 된 고대 수메르의 왕 길가메시는 현실 세계의 인간이 누릴 수 있는 부와 권력을 모두 누린 후에 마지막으로 '영생'을 찾아 먼 길을 떠난다. 그는 우여곡절 끝에 영생자를 만났지만 "잠자는 자와 죽은 자는 얼마나 똑같은가! 죽음의 형상은 그 무엇으로도 표현할 수 없도다! 바로 그것이다. 너는 인간이다! 범인이든 귀인이든, 꼭 한 번은 인생의 종착역에 도착하고, 하나처럼 모두 모여든다."라는 답을 듣는다. 수많은 신화와 전설에 등장하는 위대한 왕 길가메시도 결국 '인생의 종착역'에 도착했다. 많이 가질수록 아쉽고 지키려는 욕심은 허망하다. 바니타스의 그림자가 그의 발등을 뒤덮을 때 그는 무슨 생각을 했을까. 인생의 마지막 순간 혹은 죽음 직전에 얻는 깨달음보다 중요한 건 헛되고 헛되지만 지금, 이 순간만큼은 영원히 기억하고 싶은 하루를 즐기려는 삶의 마음가짐이 아닐까. 불확실한 희망보다는 언제나 확실한 절망을 택하는 편이 낫지 않겠는가.

성장

아이가 어른이 된다는 건
양손에 쥔 무언가를 내려놓고
또 다른 무언가를 움켜잡는 과정이다.
서로 양립할 수 없는 세계의 벽을 깨고
또 다른 세상으로 나아가는 시간을 가리켜
우리는 '성장'이라 부른다.

ⓒ박관홍

# 가장 맛있는 라면을 먹는 법

**티핑 포인트**

**Tipping Point**

 

X-선 발견으로 노벨 물리학상을 받은 뢴트겐, 포도상
구균을 녹인 푸른곰팡이에서 페니실린을 발견한 플레밍은
로또를 산 게 아니었다. 우연처럼 보이는 위대한 발견과
발명은 대개 집요한 관찰과 반복된 연구 과정에서 얻은 뜻
밖의 수확이다. 개인의 삶도 다르지 않다. 숱한 시행착오
와 좌절을 겪으며 어느 순간 의미 있는 결과를 얻는다.

넥타이의 역사, 초밥의 기원, 짜장면과 햄버거의 시
작, 소주와 복권과 커피의 과거를 알려주는 책도 있다. 이
렇게 누군가는 세상에 대한 호기심으로 책을 뒤적이고 또
누군가는 주식 시장 변동과 경제 흐름을 파악하려고 서점
으로 달려간다. 자격증과 취업을 위해 책과 씨름하고, 취

미와 교양을 위해 도서관을 찾기도 한다. 각자의 목적과 방향이 달라도 우리가 매일 접하는 지식과 정보의 양은 상상을 초월한다. 마음만 먹으면 100년 전 인류가 평생 배우고 익혀야 할 분량을 하루 이틀 만에 찾아볼 수도 있다. 물론 그걸 모두 소화하고 활용하는 사람은 거의 없다. 그래서 선별하는 안목이 필요하고 선택과 집중이 요구되는 시대다.

## ∞ 양질 전환을 일으키는 무수한 발길질

《책을 읽는 사람만이 손에 넣는 것》에서 후지하라 가즈히로는 "나는 앞으로 일본에서는 신분이나 권력이나 돈에 의한 '계급사회'가 아니라, 독서 습관이 있는 사람과 독서 습관이 없는 사람으로 양분되는 '계층 사회'가 생겨날 것으로 보고 있다."라고 공언했다. 인터넷과 유튜브로 무장한 현대인에게 가당치 않은 말로 들린다. 독서 습관이 계층을 구분하다니! 속도가 승부를 좌우하는 시대에 독서는 비효율적이라는 오해를 받기 쉽다. 그러나 책은 자기계발을 위한 기본적인 도구다. 또한 삶의 의미와 가치를 고민하기 위해서도 다양한 분야의 독서가 필요하다. 책은 세상을 보는 관점의 변화를 일으키며, 삶의 목적지와 방향을 설정하는 내비게이션 역할을 한다. 무엇을 위해, 왜 사는지에 대한 고민뿐만 아니라 때로는 구체적이고 현실적인 고민까지 해결해준다. 넓게 보면 자기 성장과 세속적인 성공이 크게 분리되어 있지 않다. 모든 독서가 세상살이를 위한 공부다. 지식과 정보의 형태는 변해도 그것을 내면화하고 자기 삶의 무기로 다듬는 데 책보다 더 나은 방법은 없다. 오늘보다 나은 내일과 개인의 성장을 위한 독서는 단순히 연봉과 자산으로 표현할 수 없는 한 인간의 내면을 성숙하게 한다.

물이 끓기 시작하는 비등점은 섭씨 100도다. 이때가 액체가 기체로 바뀌는 양질 전환의 순간이다. 주전자의 물이 공중으로 날아오르는 시점은 눈에 보이던 물이 사라지는 마법의 시간이다. 사람도 그렇게 아름다운 비상을 꿈꾼다. 먹고사는 일상의 비루함에서 벗어나 여행을 떠나고 공연을 즐기며 박물관에 가는 이유는 현실 너머에 무언가를 찾기 위해서가 아닐까.

그러나 우리가 기대했던 고귀하거나 영원한 가치가 존재하지 않을지도 모르겠다. 백상현은《라깡의 루브르》

에서 "박물관에는 현실보다 완고한 환영이 교활한 방식으로 삶의 비루함을 은폐하고 있을 뿐이다. 마치 텅 비어 있는 흰 벽의 공허를 참을 수 없어 그곳을 장식하여 감추려고 물감을 칠하듯, 문명은 세계의 허무를 견딜 수 없어 예술이라는 환영을 발명해냈다."라고 고백했다. 예술이 현실 밖의 영역이듯 우리가 지향하는 행복, 우리 마음속의 꿈은 어쩌면 잡을 수 없는 환영에 불과하다. 우리 앞에는 여전히 극복해야 할 현실이 기다린다. 그래도 허무를 견디고 환영을 걷어낸 자리에 오롯이 놓여 있을 자신의 꿈을 상상해 보자.

어떤 현상이 서서히 진행되다가 작은 요인에 의해 한순간 폭발하는 단계를 '티핑 포인트tipping point'라고 한다. 비등점, 변곡점, 전환점과 비슷한 말이다. 깨달음과 통찰의 순간 '아하!'를 외치는 환희가 여기에 해당한다. 1만 시간의 법칙을 통해 한 분야에서 전문가의 경지에 이르는 단계다. 자타공인 '성공'한 인생이라 평가받을 만한 수준, 자기만의 세계를 구축하여 인정 투쟁에 승리한 순간이기도 하다. 누구나 바라는 바로 그 경지, 임계점을 넘기 위해 우리는 수면 아래서 좌절과 절망을 견디며 무수한 발길질을 한다. 잔잔한 수면에 정지한 듯 고고한 백조의 발이 단 한 순간도 쉴 틈 없이 물살을 헤치듯이.

## ∞ 라면의 맛을 결정하는 것은

많은 사람이 티핑 포인트를 넘어 성취감을 맛보는 대신 숱한 실패를 경험한다. 라면을 먹기 위해 불에 올린 물이 99도까지 끓지도 못했는데 가스가 떨어진다. 버너는 무용지물이 되고 찬물이든 미지근한 물이든 라면을 끓이지 못하기는 마찬가지다. 그러나 식어가는 냄비 속에 찬물은 우리의 잃어버린 꿈, 잡을 수 없는 무지개가 아니다. 골리앗을 이긴 다윗의 신화가 우리를 격려한다. 덩치 큰 골리앗은 압도적인 힘과 강력한 신체조건으로 자신감이 충만하지만 느리고 둔하다. 힘없고 작지만 다윗은 민첩하고 임기응변에 능하다. 자기 능력과 상황을 객관적으로 살펴보면 온통 부족하고 안타깝기만 한 것은 아니다. 단점과 아쉬움으로 가득한 조건이 오히려 적절한 무기가 될 수도 있다. 지금 가진 게 수영복밖에 없으면 킬리만자로에 오르는 대신 지중해 휴가를 떠나도 좋다. 현실에 적응하고 조건에 맞춰 사는 게 아니라 2보 전진을 위한 1보 후퇴다. 물을 끓일 수 없을 때, 생라면에 라면수프를 뿌려 먹을 수도 있다. 때를 놓쳐 끓는 물이 모두 증발하면 당황스럽지만, 물이 끓지 않는다고 굶는 사람은 황당하다. 누구나 시간의 리듬에 딱 맞추지는 못해도 춤은 출 수 있다. 비록 엇박자로 고생해도 구경하는 사람보다는 즐겁지 않을까.

　말콤 글래드웰은 《티핑포인트》라는 책에서 "티핑 포인트는 변화의 잠재력과 지적 행동의 힘을 재확인하는 것이다. 당신 주변의 세계를 둘러보라. 바꿀 수 없는 요지부동의 곳처럼 보일지 모른다. 하지만 그렇지 않다. 딱 적절한 곳을 찾아 살짝만 자극해도 폭발적인 변화가 일어날 수 있다."라고 조언했다. 변화를 일으키는 건 아주 작은 차이다. 자신을 변화시키고 세상을 바꾸는 일은 핵심을 찾아내는 능력과 전체를 보는 안목이 없으면 불가능하다. 결정적 순간이 언제인지, 사건의 핵심이 무엇인지, 어떻게 문제를 풀 수 있을지 알게 되는 건 순간적인 재치나 운이 아니다.

　고통스럽지 않은 사람은 없다. 걱정과 고민은 인간 삶의 기본 조건이다. 이런 순간에 마크 맨슨은 《신경 끄기의 기술》을 발휘하라고 주문한다. 그는 "어쩌면 우리가 배워야 할 것은 자신이 선택한 고통을 견디는 법이다. 새로운 가치관을 선택한다는 건 새로운 고통을 자기 삶에 들여오는 것이다. 그 고통을 즐기고 음미하라. 두 팔을 활짝 벌려 환영하라. 그리고 고통스러워도 당신이 선택한 가치관에 따라 행동하라."고 조언한다. 자기 삶의 만족과 행복감은 타인의 시선이 아니라 스스로 느껴야 진짜다. 고통과 슬픔 없는 인생은 없다. 좌절과 실패를 경험하지 않은 성공도 힘들다. 서쪽 하늘로 지는 저녁 해를 바라보며 하루를 마감하는 사람들의 어깨 위에는 내일이라는 희망이 잠시 머문다. 자기 삶의 목적을 달성하고 성공을 위해 노력하는 과정도 중요하지만, 그것이 정말 세상에 어떤 영향을 주는지 사유하는 시간도 필요하다.

성공한 삶을 위해 우리에겐 꾸준한 관찰과 반복적인 노력, 초인지 능력을 기르는 독서와 공부, 시간을 즐기는 여유와 기다림, 고통을 인식하고 넘어서는 태도가 필요하다. 주변을 돌아보지 않고 오로지 승리를 위해 달리는 사람의 성공은 사회적 참사에 가깝다.

결국 라면은 좋아하는 사람과 나눠 먹을 때가 가장 맛있다. 특별한 레시피가 아니라 함께 먹는 사람이 라면 맛을 결정한다. 물이 끓어오르는 티핑 포인트를 찾는 일도 중요하지만, 끓는 물로 무엇을 할지 어떻게 즐길지에 대한 고민도 필요하다. 내가 모여 사는 세상은 또 다른 나의 확장이다.

# 어른다운 어른으로 살아가기

**푸에르, 푸엘라, 세넥스**
°

**Puer, Puella, Senex**
°

로마 시대의 금언 '카르페 디엠'은 '현재를 즐겨라'로 변형되어 '오늘'의 중요성을 강조한다. 다시는 돌아오지 않는 단 한 번의 '지금'이 계속 지나간다. 과거의 어떤 순간도 지금보다 젊다. 그렇다면 미래의 어느 순간보다도 현재는 나의 아름다운 시절, '벨 에포크belle époque'가 아닐까.

> "그런 말 자주 듣잖아. 이 순간을 붙잡아야 한다. 근데 난 거꾸로인 것 같아 우리가 순간을 붙잡는 게 아니라 순간이 우릴 붙잡는 거야."
>
> – 영화 〈보이후드〉 중에서

〈비포 선 라이즈〉, 〈비포 선셋〉으로 잘 알려진 영화감독 리처드 링클레인은 2001년부터 2013년까지 무려 12년 동안 영화 한 편을 찍었다. 매주 한 번씩 모여 일기를 쓰듯 메이슨과 사만다의 성장 과정을 기록한 것이다. 마치 한 편의 다큐멘터리처럼 펼쳐지는 싱글맘 가족의 평범한 일상 12년이 165분으로 압축된다. 여섯 살배기 꼬마가 대학에 입학해서 친구에게 건네는 무심한 대사가 긴 여운을 남긴다. 시간을 잡으려는 허망한 노력이 아니라 살아가는 모든 순간이 우리를 만든다는 감독의 메시지가 아닐까 싶다. 관객들은 작고 귀여운 꼬마의 표정과 행동에 빠져들었다가 어느덧 사춘기를 거쳐 성인이 된 메이슨을 만난다. 주말에 한 번씩 아빠와 캠핑을 가고 누나 사만다와 함께 성장하는 과정에 심각한 사건이나 극적 반전은 없다. 무료한 듯 지나가는 러닝타임은 마치 인생의 축소판을 들여다보는 착각을 일으킨다.

## ∞ 어른이 된다는 것

투명하게 순수한 어린 시절은 무모한 흥분 상태다. 고

무공처럼 튀는 탄력을 감당할 수 없으니 일정한 방향과 계획은 거의 불가능하다. 미지의 세계에 대한 호기심이 가득하지만 무지하다. 용기와 자신감이 넘쳐 엉뚱한 행동을 서슴지 않는다. 그러다가 나이가 들면서 어른이 된 우리가 하는 말과 행동은 충분히 예측할 수 있는 범위 안으로 변화한다. 신중하게 생각하고 타당성과 가능성을 저울질하며 계획적으로 움직인다. 이렇게 의도적이고 계산적인 일상은 차분하고 안정적이다. 세상을 알아갈수록 무슨 일이든 조심스럽고 합리적으로 판단한다. 이해관계를 따지며 관계를 살피고 나보다 가족이나 연인을 위해 희생하기도 한다. 아이가 어른이 된다는 건 양손에 쥔 무언가를 내려놓고 또 다른 무언가를 움켜잡는 과정이다. 서로 양립할 수 없는 세계의 벽을 깨고 또 다른 세상으로 나아가는 시간을 가리켜 우리는 '성장'이라 부른다.

서로 다른 유년 시절을 비교할 수 없으나 대체로 성장 과정은 성인이 된 현재의 '나'에게 결정적인 영향을 미친다. 어른이 되는 일은 쉽지 않다. 겸손하게 자기 마음을 살피는 어른을 주변에서 찾아보기 힘든 이유다. 하지만 나이가 몇이든 사기 성장을 멈출 때 우리는 노년을 맞게 된다.

한 편의 영화 같은 당신의 과거와 현재는 어떤 미래

를 향해 나아가고 있는지 궁금하다. 어른이 되면서 동심을 잃어버리고 이성과 논리적 사유를 얻었는가. 아니면 경험과 나이를 앞세우거나 직책과 권한을 무기로 삼아 살아가는가.

## ∞ 철이 든 것일까, 가면 뒤에 숨은 것일까

수많은 시행착오를 거치며 경험을 통해 배우는 경험론과 귀납법이 아이들의 세계라면, 일정한 방향과 결론이 정해진 일들을 처리해 나가는 합리론과 연역법은 어른의 세계다. 대개 우리의 감각은 사물을 통해 전달되며, 외부 세계에 대한 해석은 그렇게 전달된 감각에 대한 견해일 뿐이다. 순수한 이성, 순수한 지식만이 진리를 낳을 수 있다. 진리는 경험적으로 체험할 수 없으며, 순수한 진리에 도달하기 위해서는 경험적 체험을 넘어서야 한다. 좁은 경험 너머의 세계를 추론하고 상상하며 지내다 어른이 되면 사람들은 대개 사회적 가면인 '페르소나'로 자신의 진짜 모습을 가린다. 그리고 차차 자신을 잊는다. 누군가의 아들과 딸로, 누군가의 엄마와 아빠로, 누군가의 부하직원으로, 누군가의 선배와 상사로서 책임과 역할을 다하며 성장을 멈추고 타인의 욕망에 휘둘린다.

톨스토이의 소설 《부활》의 주인공 네흘류도프는 "(어른이 된) 사람들은 여전히 자기 자신뿐 아니라 서로를 속이고 괴롭혔다."라며 어른들의 세계를 비판했다. 사회적 질서와 개인적 윤리 사이에서 고민하고 이기적 욕망과 공동체의 공리 앞에서 갈등하며 우리는 때때로 삶의 길을 잃고 흔들리며 걷는다. 그래서 가끔 어린 시절을 그리워하고 천진난만한 아이들을 바라보며 미소 짓는다. 다시는 그 시절로 돌아갈 수 없는 안타까움일까, 아니면 아이들에게서 자신의 모습이 투영되기 때문일까.

## ∞ 성장을 멈추지 않는 괜찮은 어른으로 살려면

'영원한 아이'는 기운을 북돋고, 기발하고, 실험적이고, 낙관적이며, 이상주의적이고, 장난기 많고, 창의성이 넘친다. 한편 무책임하고 변덕스러우며 종잡을 수 없기도 하다. '영원한 아이' 같은 사람들은 어느 정도 몽상가적 기질을 갖고 있다. 심하면 황당무계한 환상에 사로잡힌 것처럼 보이기 쉽다. 칼 구스타프 융은 이런 유형을 푸에르 puer(소년)와 푸엘라puella(소녀)라 칭했다. '영원한 아이'의 반대편에는 '현명한 어른'인 세넥스senex라는 '현실주의자'가 서 있다. 세넥스는 실용적 구조와 체계를 만드는 기운으로 우리가 만든 법과 제도에서 그 영향력을 엿볼 수 있다. 안정, 질서, 통제, 관리는 현명한 어른의 기질에 어울리는 단어다. 현명한 어른의 영향이 없으면 우리 안의 아이가 품은 창의적 아이디어와 계획과 열망을 구체화하여 현실로 끌어오기 어렵다.

미국의 정신분석가 로버트 A. 존슨과 제리 룰은 《내 그림자에게 말 걸기》에서 "'현명한 어른'에 너무 치우치면 프로크루스테스*처럼 자신의 기준과 선입견에 맞지 않는 경험을 왜곡하거나 잘라내는 사람이 되기 쉽다."라고 조언했다. 어린 시절 부모는 아이들의 모든 질문에 답을 주는

---

* 프로크루스테스procrustes는 그리스 신화에 나오는 포악한 악당으로 길을 지나는 사람에게 잠자리를 내어준다고 하고선 침대에 눕히고 키가 침대보다 크면 다리를 자르고 침대보다 작으면 다리를 억지로 잡아 늘였다고 한다. 잠혀 온 사람은 모두 억울한 죽음을 맞았다. 이 끔찍한 이야기에서 '프로크루스테스의 침대procrustean bed'라는 용어가 생겨났다. 즉 자기 생각에 맞추어 남의 생각을 뜯어고치려는 행위, 남에게 해를 끼치면서까지 자신의 주장을 굽히지 않는 횡포를 말한다.

사람이었다. 그러나 경험과 노하우가 쌓이면 자기만의 정답을 외치는 어른을 반기는 사람은 아무도 없다. 꽉 막힌 어른이 될 것인가, 철없는 아이로 살 것인가! 양자택일의 문제가 아니다. 개방적인 사고, 창의적인 아이디어와 유머를 가진 현명한 어른으로 사는 행복을 포기할 이유가 없다. 푸에르와 세넥스가 사이좋게 동거하며 살아가는 내면을 가졌다면 더없이 즐거운 인생이다.

인생의 전반기에는 빛을 좇아 살았다면, 후반기에는 그림자를 돌보며 살아야 한다. 융은 중년의 성장이란 '푸에르 에터누스puer aeternus'에서 벗어나는 데 있다고 말했다. '영원한 젊은이'라는 뜻의 푸에르 에터누스는 '피터팬 증후군peter Pan syndrome'을 의미한다. 나이를 먹어감에도 사춘기 심리 상태를 못 벗어나는 사람이다. 그에 비해 세넥스란 훈련되고 통제되고 의식적이며 질서가 잡힌 사람이다.

충동적인 행동을 하는 푸에르의 단계가 지났지만 아직 세넥스의 세계가 두려운 사람들이 있다. 물론 이 시기를 나이로 나눌 수는 없다. 자기 인생의 전반전이 어디까지인지 언제 후반전이 시작되는지는 스스로 정할 수밖에 없다. 변화를 추구하면서도 자기 행동에 책임지고 실천에

옮기면서도 실패를 두려워하지 않는다면 푸에르와 세넥스가 공존하는 사람이 될 수도 있다. 세넥스를 푸에르의 그림자에 비유한 것처럼.

지금 어디에 어떤 모습으로 서 있든 세파에 찌든 세넥스가 아니라 두려움 없이 인생을 즐기는 푸에르가 될 수 있다. 과정을 즐기고 결과에 책임지는 푸에르는 얼마든지 가능하다. 왜냐하면 우리는 끊임없이 성장하는 즐거움, 앎의 세계로 나아가는 호기심, 자기 삶의 주인으로 살아가는 책임감 있는 청년 정신을 지니고 있기 때문이다. 내일 당장 죽을 것처럼 살고, 영원히 살 것처럼 배우는 삶이 성숙한 푸에르다.

세상은 복잡하고 모르는 것투성이다. 그럼에도 나이가 들면 '성장'은 어린이나 청소년에게만 해당하는 단어라고 생각한다. 호기심으로 가득 차 질문하고 배우고 실수를 통해 교훈을 얻으려던 어린 시절과 달리 몰라도 아는 척하고 실수하면 남 탓하는 어른이 되기 쉽다. 이는 자신을 '성장'할 필요가 없는 어른이라고 착각하기 때문이다. 한숨 나오는 어른으로 살지 않기 위해 우리에게 필요한 건 오늘보다 나은 내일을 향한 발걸음이다. 타인과 나를 비교하지 않고 어제의 나와 오늘의 나를 비교하며 조금씩 성장한다면, 괜찮은 어른으로 살아갈 수 있다.

서열의 고리 속에 젊지도, 늙지도 않은 인간형들이 차고 넘친다. 젊지만 나이 든 척 행동하는 '애 늙은이'와 나이 들었지만 철들지 않은 '늙은 애'들이 공생하고 있다. '애 늙은이'들은 조직의 문제점에 패기 있게 도전하지 않는다. 기존 체제에 기민하게 적응하려고만 한다. '늙은 애'들은 욕망을 자제하지 못한 채 무섭게 달려든다. 이 '애 늙은이'와 '늙은 애'들의 세상에서 어른다운 어른은 어디 있을까. 적어도 '애 늙은이'와 '늙은 애'가 되지 않으려는 자기 각성이 어른다운 어른으로 살아가는 삶의 자세가 아니겠는가.

타인과 나를 비교하지 않고
어제의 나와 오늘의 나를 비교하며 조금씩 성장한다면,
괜찮은 어른으로 살아갈 수 있다.

© MayRyu

# 경계를 넘나드는 장난꾸러기

| 트릭스터 | Trickster |
|----------|-----------|
| ∘ | ∘ |

1960~1970년대 대한민국의 어린이들은 술래잡기, 말뚝박기, 오징어 게임, 구슬치기, 무궁화꽃이 피었습니다, 고무줄놀이를 하며 놀았다. 이 시대를 추억하는 드라마 〈오징어 게임〉은 전 세계 시청률 1위를 기록하며 주목받았다. 황동혁 감독은 유년 시절 추억을 소환했고, 어른이 되어 적응할 수밖에 없는 자본주의 시스템을 풍자했다. 그때 그 시절에는 게임기와 컴퓨터가 없었으니 뭘 하든 모여서 다 같이 놀았다. 아이들은 온몸으로 부대끼며 깔깔거렸고 특별한 도구나 장비가 없이도 즐겁게 시간을 보냈다. 비록 땅바닥에 그어놓은 선에 불과했지만 모두 규칙을 따랐고 예외는 없었다. 누구든 금을 밟으면 죽었다.

## ∞ 금 밟지 않기 위한 안간힘

장난꾸러기 아이들의 놀이에도 질서가 생명이다. 예외를 두는 순간 모든 게 달라진다. 게임에 임하는 자세, 의견 충돌의 해결 방식, 승리를 위한 전략이 전혀 다른 양상을 띠게 된다. 한번 정한 룰이 영원할 수는 없다. 게임을 거듭하며 새로운 규칙을 만들고 기존의 질서를 손본다. 이 과정의 대전제는 게임에 참여하는 아이들의 합의와 인정이다. 힘센 아이 하나가 마음대로 규칙을 무시하거나, 몇몇 아이들이 동의하지 않으면 게임은 진행되지 않거나 지루한 다툼으로 이어진다. 또래 집단의 작은 놀이 문화는 공동체 사회의 규범과 다를 바 없다. 물론 기존 질서와 규칙은 고정불변의 진리가 아니니 언제든 고칠 수 있다. 이 과정에 이기적 욕망, 계층 간 갈등, 세대 차이 등이 개입된다. 우리가 꿈꾸는 미래와 지향점에 따라 게임의 룰은 언제든 바뀔 수 있다. 한 사람의 정체성은 이렇게 질서와 규칙의 변화 과정을 내면화하면서 형성된다.

재일조선인 디아스포라 서경식은 "저 자신이, 루쉰처럼 어떤 시점에서 명확히 고향을 잃었다는 것은 아닙니다. 오히려 재일조선인 2세라고 하는 것은 태어나면서 고향을 잃어버린 존재라고도 할 수 있겠지요. 제가 어릴 때부터 루쉰의 《고향》에 마음이 끌렸던 것은 '사람과 사람 사이의 먼 거리'를 알아버렸기 때문일지도 모릅니다."라는 말로 일본에서 한국인으로 사는 자신의 삶을 설명한 적이 있다. 소설 《고향》에서 20여 년 만에 고향을 찾은 주인공의 심정에 공감했기 때문일 것이다.

일본에서 태어난 그의 말이 새삼스러운 건 한 곳에 뿌리내리지 못하고 부유하는 우리들의 모습과 별반 다르지 않기 때문이다. 노스탤지어를 잊고 사는 현대인에게서 확고한 자기 정체성을 찾는 건 무의미할지도 모른다. 자신이 속한 집단에서 소외감을 느끼거나 삶의 공간이 낯설게 느껴질 때 우리는 주변인 혹은 경계인이 된다. 직장과 거주 공간, 가족과 친구가 있는 곳이 현대인의 고향이다. 소속감과 유대감을 느낄 수 없다면 언제든 유목민처럼 떠날 수 있으니 굳이 고향이 필요 없는지도 모른다.

경계는 불안하고 위험하다. 소속이 분명해 보이지만 한발만 벗어나면 경계 밖으로 밀려나기 때문이다. 그래서 사람들은 보통 사람의 범주에 속하기 위해 오늘도 고군분투한다. 학교에 다니고 취업, 결혼, 육아, 노후 준비로 이어지는 라이프 사이클에 남들처럼 무난한 삶을 택한다. 다른 사람들과 어울려 살아야 마음이 편하고 안정감을 느낄 수 있기 때문이다. 그런데 그것만으로 만족하는 사람은 없다. 도대체 부족한 2퍼센트는 뭘까.


## ∞ 지루한 인생을 송두리째 바꾸는 자기 혁명

단순하고 평화로운 회색빛 보통 사람들 사이에 드문드문 끼어 있는 낯선 존재를 '트릭스터trickster'라고 부른다. 사전적 의미는 "문화인류학에서 도덕과 관습을 무시하고 사회 질서를 어지럽히는 신화 속의 인물이나 동물 따위를 이르는 말"이지만, 어원은 사기꾼 또는 협잡꾼이다.

트릭스터는 정해진 규칙을 파괴한다. 정신분석이나 심리학에서는 마음의 흐름을 바꾸는 장난꾸러기로 여긴다. 또한 트릭스터는 영리하면서 교활하며 혼돈을 만드는 존재지만 좋은 결과를 만들어낼 때가 많다. 의도적 실수로 사회 질서를 무너뜨리고 골칫거리를 만들기 일쑤지만 결정적인 순간에 전세를 역전시키거나 기발한 아이디어를 제공하기도 한다. 종잡을 수 없는 캐릭터로 4차원의 정신세계라고 평가받기도 하고 엉뚱하고 독특한 캐릭터로 사랑받기도 한다. 조직 내에서 트릭스터는 뜨거운 감자 같은 존재다. 질서에 순응하지 않고 성가시게 하지만 피해를 주지 않으며 때때로 꼭 필요한 역할을 한다. 북유럽 신화의 로키, 그리스·로마 신화의 헤르메스, 이집트 신화의 세트, 여러 설화 속 토끼나 여우가 이와 유사한 캐릭터다. 기존 체제에서 벗어난 행동으로 반항하며 영웅이 되기도 하고 지혜와 변화의 상징적 역할을 하기도 한다.

똑같이 반복되는 패턴의 음악이나 흔하게 보는 이미지에 감동하는 사람은 없다. 아무리 안정과 질서를 부여해도 흥분과 기대가 없기 때문이다. 반복되는 멜로디 안에서 변조가 이뤄지고 익숙한 패턴을 깨고 놀랄 만한 변화가 일어날 때에야 비로소 새로운 두근거림이 시작된다.

트릭스터는 단순히 기존의 틀을 깨는 장난꾸러기가 아니라 지루한 인생을 송두리째 뒤바꾸는 자기 안의 혁명이다. 트릭스터는 내 안에 숨은 진짜 나일 수도 있고, 외면하고 살던 나의 본모습일 수도 있다.

인공지능, 로봇, 사물인터넷, 빅데이터에 대해 별 관심이 없는 사람들에게도 창조적 상상력이 미래를 바꿀 거라는 사실에는 대체로 동의한다. 자기 계발을 위해 시간을 쪼개고 낯선 분야에 대한 공부도 필요하지만 자기 안의 트릭스터, 조직 내 트릭스터를 관찰하고 눈여겨보는 일도 중요하다. 억압, 강요, 인내, 순응은 트릭스터의 적이다. 세상을 뒤바꾼 상상력, 기존의 질서를 흔드는 넛지, 우연히 얻은 아이디어는 사람과 세상을 바라보는 관점과 태도의 변화에서 시작된다. 관습적 사고, 생각 없는 행동, 반복적 일상은 우리 안에 숨은 트릭스터를 잠재운다.

## ∞ 경계를 허물고 타인의 시선에서 자유롭게

근대 이후 현대인의 고독과 불안을 대표하는 캐릭터는 '뫼르소'다. 알베르 카뮈는 《이방인》에서 낯설고 기이한 인물을 등장시켰다. 주인공 뫼르소는 전통적인 소설 속 인물과 다른 모습을 한 괴팍한 인간이다. 어머니 장례를 치르고 아랍인을 총으로 살해하고 재판을 통해 사형을 선고받는 과정에서 뫼르소의 생각과 행동은 보통 사람과 전혀 다르다. 부조리한 세상에 이방인이 될 수밖에 없는 뫼르소는 다자이 오사무의 소설 《인간 실격》의 주인공 오바 요조를 닮았다. "태어나서 죄송합니다."라는 고백은 현실 세계에 적응하며 '익살꾼'을 자처한 요조의 좌절과 실패

선언이다. 결국 자살을 기도한 요조는 "그렇게 안 하고 싶습니다."를 반복하며 모든 일상을 거부한 채 죽어간 허먼 멜빌의 《필경사 바틀비》와도 일맥상통한다. 그들은 인간의 내면에 숨은 저항과 일탈 그리고 부적응의 트릭스터다. 또한 그들은 부조리한 세상의 실패자가 아니라 현대인의 내면을 비추는 거울 같은 인물들이다.

학교에 다니지 않아도, 정규직이 아니어도, 결혼을 안해도, 아이가 없어도 괜찮다는 위로보다 중요한 건 타인의 시선으로부터 자유롭게 생각하고 행동하는 사람들에 대한 존중이다. 획일성은 안정적이나 발전을 가로막고, 다양성은 불안하지만 즐겁고 신나는 변화와 혁신을 이끈다. 트릭스터는 태어나는 게 아니라 다양성이 존중받는 곳에서 만들어진다. 경계에서 벗어날 수 있는 용기, 기존의 질서를 허물고 벽을 무너뜨리는 장난, 새로운 호기심과 상상력을 즐기는 일상은 얼마든지 가능하다. 그러므로 즐겁고 행복한 인생, 스스로 주인공인 삶을 위해서 자기 안의 숨겨왔던 트릭스터를 보듬어야 한다.

《쓸모 인류》에서 빈센트는 강승민에게 "그때 나는 알게 됐어. 남 밑이 아니라 내가 주인이 되는 삶을 살아야 하는 사람이 있어. 그때의 마찰을 겪으며 다행히 나의 쓸모를 찾아갔던 거지."라고 고백한다. 사람들은 자신의 쓸모에 대해 고민하며 삶을 꾸려가려 한다. 세상을 뒤바꾼 영웅이나 역사적 인물이 아닌 평범한 사람들의 깨달음이 중요한 시대다. 국가의 흥망성쇠보다 개인적 삶이 소중하다는 걸 많은 이가 깨닫기 시작했다. 자신의 쓸모를 찾아나서지 않아도 '인적 자원'이 아니라는 생각을 떨치고 나면 '잉여 인간'이라는 자책에서 벗어날 수 있다. 나의 쓸모는 내가 결정해야 한다.

소설가 조해진은 《빛의 호위》에서 "어떤 이야기도 한 사람을 대신할 수 없다. 한 사람의 생애에는 표현할 수 없는 순간이 표현되는 순간보다 훨씬 더 많다는 걸 잘 알고 있다."라고 말했다. 이런 자각은 화려한 경력, 넉넉한 통장 잔고, 넓은 평수의 아파트가 아닌 우리 안에 숨은 트릭스터를 통해서 가능하다. '표현할 수 없는 순간'이 바로 트릭스터다. 개인의 내면에 숨은 또 다른 나, 조직 안에 숨죽이고 기회를 엿보는 장난꾸러기를 찾는 즐거움이 없다면 행복한 인생, 발전하는 공동체는 쉽지 않다. 힙하고 쿨한 태도가 트릭스터의 자양분이다. 넘어져도 괜찮다는 위로, 틀린 게 아니라 다른 거라는 시선이 하루를 견디게 하고 내일에 따뜻한 위로를 건넨다.

# 흔들리는 이 순간도 삶이 된다

**도그마,
주저흔**

○

○

**Dogma,
Hesitation mark**

흔들리지 않고 피는 꽃이 어디 있으랴.

이 세상 그 어떤 아름다운 꽃들도

다 흔들리며 피었나니 (중략)

좋은 글과 문장도 반복되면 감동이 줄고 반감이 생긴다. 그러나 도종환의 〈흔들리며 피는 꽃〉은 누군가 수없이 인용해도 매번 고개를 끄덕이게 된다. 그 이유는 우리의 인생이 흔들리며 조금씩 앞으로 나아가기 때문일 것이다. 뚜렷한 신념과 확고한 기준에 따라 고민하지 않고 사는 사람이 몇이나 되겠는가. 대개 사람들은 조그마한 선택 앞에서도 망설이고 스스로 내린 결정에도 자신이 없다. 당신은 그렇게 흔들리며 사는 사람인가. 아니면 소신 있게 사는 사람인가. 오스카 와일드는 "삶이 무엇인지 몰랐을 때 글을 썼다. 삶의 의미를 알고 있는 지금은 더 이상 쓸 게 없다."라고 고백한 바 있다. 나도 그렇다. 분명하고 정해진 삶이라면 고민과 불안은 남의 일이리라. 하지만 조금 다른 삶을 꿈꾸고 전통과 관습을 거부하려면, 자기만의 좁은 세계를 벗어나려 몸부림치는《데미안》의 주인공 싱클레어처럼 알을 깨고 새로운 세상으로 나가야 한다.

## ∞ 흔들리는 꽃처럼 단단한 바위처럼

그리스도교의 교리는 하느님에 대한 맹목적 믿음이 전제 조건이다. 절대 진리인 신의 가르침, 즉 단 하나의 절대 진리를 '도그마dogma'라 한다. 그러나 이 말은 아이러니하게도 그리스어의 동사 '생각하다dokein'에서 유래했다. 생각할 필요가 없는 종교의 절대 진리의 어원이 '의견', '결정'이라는 사실이 재미있다. 도그마는 사용 범위를 넓혀 맹신적인 이데올로기를 비롯해 굳건한 신념, 흔들리지 않는 믿음이라는 의미로도 쓰인다. 하지만 종교적 도그마가 일상에 적용될 때 불편한 건 대체로 상대방이다. 대화와 타협이 들어설 자리가 없고 이성적 토론, 합리적 조율이 불가능하다. 사회를 바라보는 관점, 타인과의 관계, 성공한 삶의 기준도 비슷하다. 뚜렷한 목표와 단단한 신념을 가진 사람은 흔들림 없이 편안할 수는 있으나 '모든 경계에는 꽃이 핀다'는 사실을 알지 못한다.

　나는 일필휘지一筆揮之를 좋아하지 않는다. 고칠 것 없이 단 한 번에 선과 획이 완벽한 글씨를 써 내려가는 명필의 붓끝은 분명 아름다웠을 것이다. 하지만 옛사람에게 일필휘지는 수정 가능성을 차단하고 유연한 사고를 가로막는 자기방어였을지도 모른다. 수많이 연습하여 터득했을 단 한 번의 붓질로 작품을 만드는 실력을 깎아내릴 생각은 없다. 그러나 붓이 지나간 자리는 덧칠하면 어떤 식으로든 흔적이 남는다.

　아름다운 글씨와 달리 좋은 글은 끊임없이 고치고 다듬는 과정을 거친다. 여물지 못한 생각을 정리하고 문장과 문장 사이에 놓인 거리를 좁히려 애쓰는 것이다.

　누구나 최고의 경지에 오르고 싶지만 아무나 일필휘지를 휘두를 수는 없다. 더구나 평범한 인생을 사는 우리에겐 위험부담이 너무 크다. 다른 사람은 쉽게 성공한 것처럼 보여 부러울 때가 많다. 그에 비해 내 삶은 기나긴 인내와 노력, 시행착오와 실패의 연속으로 느껴진다. 그래서 멀리서 바라보는 타인의 행복은 가까운 나의 불행과 비교된다.

단순히 거리의 문제일까. "인생은 멀리서 보면 희극, 가까이서 보면 비극"이라는 채플린의 말을 떠올리지 않더라도 행복의 기준과 관점에 따라 각자의 삶은 희비극의 쌍곡선을 그린다. 순간순간 흔들리는 나와 달리 남들은 대체로 평온하고 걱정 없이 사는 것처럼 보일 때가 많다. 그건 아마도 곡선도로의 반사경처럼 대상과 거리가 왜곡되어 내 눈에 투영되기 때문일 것이다.

자신의 인생은 생각보다 가까이 있고 구체적이고 세밀한 부분까지 신경 써야 한다. 돌다리도 두들겨보는 심정으로 신중하고 조심스럽게 행동해도 후회할 때가 많다. 흔들리지 않는 돌처럼 버텨도, 흔들리며 피는 꽃처럼 살아도 결과는 크게 달라지지 않을 것처럼 불안하다. 누구도 대신 살아줄 수 없는 각자의 인생이 늘 절실하고 안타까운 건 예측할 수 없는 미래와 알 수 없는 결과 때문이다. 매번 정답이 없는 시험 문제를 푸는 기분. 그래서 늘 절박하고 고통스럽다.

## ∞ 망설이고 주저하다가 카오스를 만난다 해도

편견과 선입견 혹은 고정 관념이 점점 단단해지면 도그마가 된다. 다양한 형태로 우리 곁에 서성이는 도그마는 타인과 세상을 바라보는 하나의 고정된 프레임이 되어 유연하고 다양한 관점을 거부한다. 무심코 내뱉는 말과 생각 없는 행동은 각자의 관점과 태도를 드러낸다. 이는 성별, 인종, 나이, 종교, 직업, 장애, 학력, 국적, 고향 등 일일이 열거할 수 없을 정도로 많은 일상적 차별로 나타난다. 절대 진리, 독단적 신념, 종교적 믿음, 확고한 의지는 도그마의 다른 이름이다.

김지혜는 《선량한 차별주의자》에서 "고정 관념을 갖기도, 다른 집단에 적대감을 갖기도 너무 쉽다. 내가 차별하지 않을 가능성은, 사실 거의 없다."라고 단언한다. 여성, 장애인, 성 소수자 등 사회적 약자에 대한 차별적 시선을 거두려 해도 우리는 무의식적으로 '다름'에 반응한다는 의미다. 나와 생각이 다르면 불편하고 차이를 견디지 못하는 태도가 차별의 시작이다.

반면 타인의 종교, 신념에 동의할 수 없으나 인정하고 용인하는 관용적 태도를 '톨레랑스tolérance'라고 한다.

민주주의의 가장 강력한 무기로 기능하는 톨레랑스는 도그마의 대척점에 서 있다. 차이를 인정하는 태도, 나와 다른 너를 존중하는 자세는 저절로 길러지지 않는다.

개인의 취향과 개성도 양육과정과 학교 교육을 통해 배우듯 세상을 살아가는 방법도 끊임없는 배움과 노력이 필요하다. 각자의 취향과 개성도 양육 과정, 학교 교육을 통해 달라진다. 어떤 사회와 개인도 이 뻔한 사실에서 자유롭지 않다. 진화심리학자 전중환은 이런 학습이 과거 진화적 환경에서 번식에 도움이 되었던 방향으로 움직이는 심리적 적응이라고 분석한다. 어머니의 양육과 가정교육은 세상에 적응하도록 도움을 주고, 살아가면서 배우고 익힌 태도와 습관은 심리적 적응기제로 작동한다는 의미다. 즉 '나'의 취향, 신념, 개성, 종교 등은 오랫동안 환경의 영향을 받은 학습과 심리적 적응의 결과라고 할 수 있다.

이와 반대로 사람들이 자신의 의견을 분명하게 표현하지 않는 상황도 종종 벌어진다. 조지워싱턴 대학 제리 B. 하비 교수는 자신의 논문 〈애빌린의 역설과 경영에 대한 다른 고찰〉에서 한 집단에서 모든 구성원이 원하지 않는 방향의 결정에 동의하는 현상을 '애빌린의 역설abilene paradox`*이라고 지칭했다. 하비는 이를 조직의 구성원들은 자신의 믿음대로 행동하는 것에 대한 두려움과 더불어 소외에 대한 두려움을 갖고 있기 때문이라고 분석했다. 그는 '애빌린 패러독스'에 빠진 조직이 보여주는 가장 기본적인 증상으로 '책임을 전가하거나 남을 탓하는 행동'을 꼽았다. 개인적으로 각자의 도그마가 분명해 보이는 사람들이라도 집단 속의 개인은 전혀 다른 양상을 보인다.

"진실은 순수한 적이 드물고 단순한 적은 없다."라는 오스카 와일드의 날카로운 분석처럼 사소한 일도 그 실체는 복잡한 경우가 많다. 각자의 편견을 최대한 걷어내고 끊임없이 사실을 확인할 때 조금이나마 더 실체에 가까이 다가갈 수 있다. 의심하고 질문하는 과정은 진실에 도달하

---

\* 하비 교수가 설명하기 위해 사용한 글의 일화에서 '애빌린의 역설'이 비롯되었다. 어느 여름날 오후, 장인이 갑자기 집에서 85km 떨어진 애빌린에 저녁을 먹으러 가자는 제안을 한다. 아내는 동의를 하고, 남편은 아내와 장인의 눈치가 보여 동의를 하고, 장모는 모두가 동의를 했으니 자신도 맞장구를 쳤다. 허나 애빌린에 가는 길은 덥고 도로는 정체에 시달렸고 애빌린의 식당은 형편 없었다. 다녀온 후 장모는 사실 집에 있고 싶었지만 세 사람이 가자는 바람에 따라나섰다고 하고, 남편도 아내도 다른 사람들이 원하는 것 같아서 동의했다고 말한다. 이에 장인도 지루해 하는 것 같아서 그냥 제안해봤다고 고백한다. 어느 누구도 외출을 원하지 않았는데 모두 애빌린에 가는 데 찬성한 것이다.

는 유일한 방법이다. 도그마는 눈을 가리고 귀를 닫게 한다. 누군가 쓴 글, 공적인 발언, 내밀한 행동을 모으면 한 사람의 진실이 드러난다.

치명상이 아닌 자해로 생긴 손상을 '주저흔hesitation mark'이라 한다. 《사람에 대한 예의》에서 권석천은 "글을 보면 사람이 드러난다. 내 글에 보이는 주저흔이 그의 글엔 없다."라며 글을 통해 타인의 태도를 설명한다. 주저흔 없이 확신으로 가득 찬 삶은 평범한 사람들에겐 불가능한 일이다. 어떤 시기와 상황에서는 흔들리고 망설인다. 그 지점은 아픈 상처로 남아 두고두고 자신의 삶을 지배한다. 그렇게 아픈 주저흔이 모여 우리 인생이 된다. 고민 없이 직진하는 인생, 자기만의 주저흔이 남은 인생. 당신은 어느 쪽인가.

누구나 한 번쯤 자신이 믿었던 세계가 무너지고 새로운 세상이 펼쳐지는 경험을 할 것이다. 사춘기든 중년이든 시기는 다를 뿐 누구나 한 번쯤 평화롭고 따뜻한 자기만의 우주에서 카오스를 경험한다. 이를 받아들이는 사람들의 태도는 제각각이다. 외면하고 달아나거나 극단적인 선택을 하거나 적극적으로 문제를 해결하고 다시 시작하는 사람도 있다.

생각 없이 움직이지 않고 가만히 있으면 세상 편하다. 변화는 두렵고 고통스럽지만 잃어야 얻는다. 자리에서 일어나 몸을 움직이고 고개를 돌려보자. 바람이 불면 부는 대로 비가 오면 오는 대로 멈추지 말고 조금씩 걸어보자.

삶은 고통과 슬픔으로 가득하다. 기쁨과 행복이 때때로 사치품처럼 느껴진다. 그렇다고 세월의 무게와 경험이 축적된 자기만의 세계에서 단단한 도그마를 가진 사람으로만 살 수는 없지 않은가. 비우고 내려놓자. 변화 가능성을 열어 둔 사람은 여유와 자신감으로 가득하다. 여기가 아닌, 저 너머에 대한 호기심과 도전으로 가득한 삶이 아름답다. 흔들리지 않고 피는 꽃이 없듯이 사람도 주저하고 망설이며 살아간다. 우리는 그렇게 매일 조금씩 성장하며 한발씩 앞으로 나아간다.

서쪽 하늘로 지는 저녁 해를 바라보며

하루를 마감하는 사람들의 어깨 위에는

내일이라는 희망이 잠시 머문다.

# 참고 문헌

선택

**마침, 바로 그때!**

《산 자들》, 장강명, 민음사, 2019

《창조하는 뇌》, 데이비드 이글먼, 앤서니 브란트, 엄성수 역, 쌤앤파커스, 2019

《불확실한 세상》, 조효제 외, 사이언스북스, 2010

《알아두면 마음 편한, 인생선택》, 스즈키 노부유키, 유가영 역, 한샘, 2017

**행운과 기회를 찾는 능력**

《에우리피데스 비극전집 1》, 에우리피데스, 천병희 역, 숲, 2009

《에우리피데스 비극전집 2》, 에우리피데스, 천병희 역, 숲, 2009

《왜 세계는 존재하지 않는가》, 마르쿠스 가브리엘, 김희상 역, 열린책들, 2017

《아직도 책을 읽는 멸종 직전의 지구인을 위한 단 한 권의 책》, 조 퀴넌, 조세진 역, 위즈덤하우스, 2018

《김수영을 위하여》, 강신주, 천년의상상, 2012

**시키는 대로 하지 않을 자유**

MBC 뉴스, 2022.01.13. https://imnews.imbc.com/replay/2022/nwtoday/article/6332407_35752.html

《자본주의 역사 바로알기》, 리오 휴버먼, 장상환 역, 책벌레, 2000

《이상한 나라의 앨리스》, 루이스 캐럴, 최용준 역, 열린책들, 2009

《자기계발의 덫》, 미키 맥기, 김상화 역, 모요사, 2011

《자유론》, 존 스튜어트 밀, 서병훈 역, 책세상, 2018

《모두 거짓말을 한다》, 세스 스티븐스 다비도위츠, 이영래 역, 더퀘스트, 2018

《친애하는 내 마음에게》, 성성준, 두리반, 2021

《필경사 바틀비》, 허먼 멜빌 외, 한기욱 역, 창비, 2010

## 몸통을 흔드는 꼬리의 즐거움

《루카치 소설의 이론》, 게오르그 루카치, 반성완 역, 심설당, 1998

《유튜브는 책을 집어삼킬 것인가》, 김성우, 엄기호, 따비, 2020

《코스모스》, 칼 세이건, 홍승수 역, 사이언스북스, 2006

《호모 루덴스》, 요한 하위징아, 이종인 역, 연암서가, 2010

## 이기적이지 않은 문화 유전자

《이기적 유전자》, 리처드 도킨스, 홍영남/이상임, 을유문화사, 2018

《사일구》, 윤태호, 민주화운동기념사업회, 창비, 2020

《유튜브는 책을 집어삼킬 것인가》, 김성우, 엄기호, 따비, 2020

《노동의 미래와 기본소득》, 앤디 스턴, 리 크래비츠, 박영준 역, 갈마바람, 2019

《유한계급론》, 소스타인 베블런, 박홍규, 문예출판사, 2019

## 속도

## 따로 또 같이 쌓이는 블록처럼

《끝난 사람》, 우치다테 마키코, 박승애 역, 한스미디어, 2017

《일의 기쁨과 슬픔》, 알랭 드 보통, 정영목 역, 2009

《아무것도 없는 방에 살고 싶다》, 미니멀라이프 연구회, 김윤경 역, 샘터사, 2016

《심플하게 산다》, 도미니크 로로, 김성희 역, 바다출판사, 2012

《우리도 행복할 수 있을까》, 오연호, 오마이북, 2014

## 불안은 희망을 기다린다

《유머란 무엇인가》, 테리 이글턴, 손성화 역, 문학사상사, 2019

《불안》, 알랭 드 보통, 정영목 역, 은행나무, 2011

《우울과 몽상》, 에드거 앨런 포, 홍성영 역, 하늘연못, 2002

《신의 나라는 네 안에 있다》, 레프 톨스토이, 박홍규 역, 들녘, 2016

《페스트》, 알베르 카뮈, 최윤주 역, 열린책들, 2014

## 그만하면 됐다는 말의 온도

《나는 세상을 리셋하고 싶습니다》, 엄기호, 창비, 2016

《마흔에 읽는 손자병법》, 강상구, 흐름출판, 2011
《물질문명과 자본주의 Ⅲ-2 세계의 시간 하》, 페르낭 브로델, 주경철 역, 까치글방, 2014
《게으를 수 있는 권리》 폴 라파르그, 조형준 역, 새물결, 2005
《처음처럼》, 신영복, 돌베개, 2016

## 평균과 중간의 어디쯤에서
《실격당한 자들을 위한 변론》, 김원영, 사계절, 2018
《사적인 글쓰기》, 류대성, 휴머니스트, 2018
《코끼리는 생각하지 마》, 조지 레이코프, 유나영 역, 와이즈베리, 2015
《노자와 21세기 2》, 김용옥, 통나무, 1999
《돈이란 무엇인가》, 게오르그 짐멜, 김덕영 역, 길, 2014
《데이터 과학자의 사고법》, 김용대, 김영사, 2021
《니코마코스 윤리학》, 아리스토텔레스, 이창우 역, 이제이북스, 2006


## 공존

### 그의 이쪽과 저쪽에 드리운 그림자
《타인의 해석》, 말콤 글래드웰, 유강은 역, 김영사, 2020
《인공지능의 이론과 실제》, 한국포스트휴먼연구소, 한국포스트휴먼학회, 이카넷, 2019
《진화한 마음》, 전중환, 휴머니스트, 2019
《21세기를 위한 21가지 제언》, 유발 하라리, 전병근 역, 김영사, 2018
경향신문 2023.09.13. https://www.khan.co.kr/national/gender/article/202309131804001

### 프레임을 넘어서면 풍경이 달라진다
《해석에 반대한다》, 수전 손택, 이민아 역, 이후, 2002.
《다른 방식으로 보기》, 존 버거, 최민 역, 열화당, 2019
《기술복제시대의 예술작품/ 사진의 작은 역사 외》, 발터 벤야민, 최성만 역, 2007
《color 색채용어사전》, 박연선, 예림, 2007
《1984, 조지 오웰》, 정회성 혁, 민음사, 2003

《파놉티콘》, 제레미 벤담, 신건수 역, 책세상, 2007

《감시와 처벌》, 미셸 푸코, 오생근 역, 나남출판, 2020

《태연한 인생》, 은희경, 창비, 2012

## 경계와 관계 사이의 관계

드라마 〈오자크 Ozark〉, 시즌 4 파트 1

《대한민국 프레임 전쟁》, 미디어오늘, 동녘, 2017

《스켑틱》, 마이클 셔머, 이효석 역, 바다출판사, 2020

《사람일까 상황일까》, 리처드 니스벳, 리로스, 김호 역, 심심, 2019

《왜 도덕인가》, 마이클 샌델, 안진환, 이수경 역, 한국경제신문사, 2010

《한국인의 관계 심리학》, 권수영, 살림, 2007

## 공정한 나눔의 계산법

《사회적 상속》, 김병권, 이음, 2020

《정의란 무엇인가》, 마이클 샌델, 김명철 역, 와이즈베리, 2014

《행복의 기원》, 서은국, 21세기북스, 2014

# 시선

## 낯섦에 대한 환대

《아무것도 하지 않는 법》, 제니 오델, 김하현 역, 필로우, 2021

《흰 밤에 꿈꾸다》, 정희성, 창비, 2019

《청춘의 문장들》, 김연수, 마음산책, 2004

《계몽의 변증법》, 테오도어 W. 아도르노, M. 호르크하이머, 김유동 역, 문학과지성사, 2021

《단속사회》, 엄기호, 창비, 2014

《레비나스 타자윤리학》, 김연숙, 인간사랑, 2001

## 보이지 않는 윤리

TechM(https://www.techm.kr/news/articleView.html?idxno=4269)

《도덕교육의 파시즘》, 김상봉, 길, 2005

《실패한 교육과 거짓말》, 노암 촘스키, 강주헌 역, 아침이슬, 2001

《21세기 사상의 최전선》, 김환석 외, 이성과감성, 2020
《정의란 무엇인가》, 마이클 샌델, 김명철 역, 와이즈베리, 2014

## 누구에게 이익이 돌아가는가
《아낌없이 주는 나무》, 쉘 실버스타인, 이재명 역, 시공주니어, 2000
《그들의 이해관계》, 임현, 문학동네, 2022
《김대식의 키워드》, 김영사, 김대식, 2021
《한비자》, 한비, 김원중 역, 휴머니스트, 2016
《끝내주는 괴물들》, 알베르토 망겔, 김지현 역, 현대문학, 2021

## 부딪치더라도 질문을 멈추지 말자
《변신 이야기》, 오비디우스, 천병희 역, 숲, 2017
《과학한다 고로 철학한다》, 팀 르윈스, 김경숙 역, MID, 2016
《베스트 플레이어》, 매슈 사이드, 유영만 역, 행성:B웨이브, 2010
《긍정의 배신》, 바버라 에런라이크, 전미영 역, 부키, 2011
《니체의 인생 강의》, 이진우, 휴머니스트, 2015
《우리에겐 절망할 권리가 없다》, 김누리, 해냄출판사, 2021

## 감각형과 직관형 사이에서
《블링크》, 말콤 글래드웰, 이무열, 21세기북스, 2005
《타인의 해석》, 말콤 글래드웰, 유강은 역, 김영사, 2020
《FBI 사람예측 심리학》, 로빈 드리케, 캐머런 스타우스, 고영훈 역, 코리아닷컴, 2020
《메신저》, 스티브 마틴, 조지프 마크스, 김윤재 역, 21세기북스, 2021
《우리 뇌는 왜 늘 삐딱할까》, 하워드 J. 로스, 박미경 역, 탐나는책, 2018

# 시간

## 노을 아래서 춤을 춘다는 건
《어린 왕자》, 앙투안 드 생텍쥐페리, 황현산 역, 열린책들, 2015
《현상학사전》, 기다 겐외 3인 엮음, 이신철 역, 도서출판b, 2011
《신들의 계보》, 헤시오도스, 천병희 역, 도서출판숲, 2009
《노년에 관하여 우정에 관하여》, 키케로, 천병희 역, 도서출판숲, 2005

《사람, 장소, 환대》, 김현경, 문학과지성사, 2015
《늙어감의 기술》, 마크 E. 윌리엄스, 김성훈 역, 현암사, 2017

**반복하며 머무른 서로 다른 시간들**
《예감은 틀리지 않는다》, 줄리언 반스, 최세희 역, 다산책방, 2012
《몰입 Flow》, 미하이 칙센트미하이, 최인수 역, 한울림, 2004
《마의 산》, 토마스 만, 열린책들, 윤순식 역, 2014
《마르크스가 내게 아프냐고 물었다》, 류동민, 위즈덤하우스, 2012

**과거 현재 미래는 늘 우리 곁에 머물고**
《방드르디, 태평양의 끝》, 미셸 투르니에, 김화영 역, 2003
《폴 리쾨르, 시간과 이야기1》, 김한식, 이경래 역, 문학과지성사, 1999
《철학, 영화를 캐스팅하다》, 이왕주, 효형출판, 2005
《싱크로니시티》, 조셉 자보르스키, 강혜정 역, 에이지21, 2021
《사람과 그의 글》, 김범, 테오리아, 2020
《물질문명과 자본주의 III-2 세계의 시간 하》, 페르낭 브로델, 주경철 역, 까치글방, 2014

**경계를 넘나드는 장난꾸러기**
《우연은 얼마나 내 삶을 지배하는가》, 플로리안 아이그너, 서유리 역, 동양북스, 2018
《이형기 시전집》, 이형기, 이채훈 엮음, 한국문연, 2018
《빛의 얼굴들》, 조수민, 을유문화사, 2021
《우연과 필연》, 자크 모노, 조현수 역, 궁리, 2022

**헛된 삶으로의 소풍**
《노년》, 시몬 드 보부아르, 홍상희, 박혜영 역, 책세상, 2002
《못다 한 사랑이 너무 많아서》, 황인숙, 문학과지성사, 2016
《철학은 어떻게 삶이 되는가》, 빌헬름 슈미트, 장영태 역, 책세상, 2017
《철학의 슬픔》, 문성원, 그린비, 2019
《차라투스트라는 이렇게 말했다》, 프리드리히 니체, 김인순 역, 열린책들, 2015
《최초의 신화 길가메쉬 서사시》, 김산해, 휴머니스트, 2020
《한 게으른 시인의 이야기》, 최승자, 난다, 2021

## 성장

### 가장 맛있는 라면을 먹는 법

《사물의 민낯 1498~2012》, 김지룡, 갈릴레오 SNC, 애플북스, 2012
《책을 읽는 사람만이 손에 넣는 것》, 후지하라 가즈히로, 고정아 역, 비즈니스북스, 2016
《라깡의 루브르》, 백상현, 위고, 2016
《티핑 포인트》, 말콤 글래드웰, 김규태 역, 김영사, 2020
《신경 끄기의 기술》, 마크 맨슨, 한재호 역, 갤리온, 2017

### 어른다운 어른으로 살아가기

《편견》, 아그네스 헬러, 서정일 역, 이론과실천, 2015
《부활》1, 레프 톨스토이, 박형규 역, 민음사, 2003
《내 그림자에게 말 걸기》, 로버트 존슨, 제리 룰, 신선해 역, 가나출판사, 2020
《생의 절반에서 융을 만나다》, 대릴 샤프, 류가미 역, 북북서, 2009
《동화 넘어 인문학》, 조정현, 을유문화사, 2017
《사람에 대한 예의》, 권석천, 어크로스, 2020

### 경계를 넘나드는 장난꾸러기

《경계에서 춤을 추다》, 서경식, 타와다 요오꼬, 창비, 2010
《듣기의 기술》, 다카하시 가즈미, 정지영 역, 시그마북스, 2020
《쓸모 인류, 빈센트》, 강승민, 몽스북, 2018
《빛의 호위, 조해진》, 창비, 2017

### 흔들리는 이 순간도 삶이 된다

《선량한 차별주의자》, 김지혜, 창비, 2019
《취향의 탄생》, 톰 밴더빌트, 토네이도, 2016
《진화한 마음》, 전중환, 휴머니스트, 2019
《생각과 착각》, 강준만, 인물과사상사, 2016
《사람에 대한 예의》, 권석천, 어크로스, 2020
《기담》, 김경주, 문학과지성사, 2008

# 모든 틈에 빛이 든다

초판 1쇄 발행 2023년 11월 10일

지은이 류대성

기획편집 도은주, 류정화
마케팅 박관홍

펴낸이 윤주용
펴낸곳 초록비책공방

출판등록 제2013-000130
주소 서울시 마포구 월드컵북로 402 KGIT 센터 921A호
전화 0505-566-5522  팩스 02-6008-1777

메일 greenrainbooks@naver.com
인스타 @greenrainbooks @greenrain_1318
블로그 http://blog.naver.com/greenrainbooks
페이스북 http://www.facebook.com/greenrainbook

ISBN 979-11-93296-07-3 (03810)

**어려운 것은 쉽게 쉬운 것은 깊게 깊은 것은 유쾌하게**

초록비책공방은 여러분의 소중한 의견을 기다리고 있습니다.
원고 투고, 오탈자 제보, 제휴 제안은 greenrainbooks@naver.com으로 보내주세요.